Marta Brandner

Der verborgene Inka

Marta Brandner

Der verborgene Inka

Roman

Verlag Schwind Wagner

Die Deutsche Bibliothek – CIP-Einheitsaufnahme

Brandner, Marta:
Der verborgene Inka : Roman/Marta Brandner. –
1. Aufl.. – Stephanskirchen : Schwind Wagner, 2000
ISBN 3-9805969-3-1

Alle geographischen Angaben entsprechen den
tatsächlichen Gegebenheiten in Peru.
Ähnlichkeiten mit lebenden oder toten Personen
sind nicht beabsichtigt und wären zufällig.

1. Auflage 2000
Verlag Schwind Wagner, Stephanskirchen

Satz: Buch-Werkstatt GmbH, Bad Aibling
Herstellung: Weber Offset, München
Printed in Germany
ISBN 3-9805969-3-1

Auf dem großen Baum
saß klagend
der alte Uhu
mit seinem Todesschrei.

Und auch die sanfte Taube
im Laub des Waldes
klagte
in tiefer Bitterkeit.

Die grausamen Weißen
die kamen, Gold zu fordern
suchten uns heim
wie eine Seuche.
Unseren Vater Inka
nahmen sie gefangen,
gewannen sein Vertrauen
und töteten ihn.

Mit dem Herzen eines Pumas
und der Schlauheit eines Fuchses
schlachteten sie ihn
wie ein Lamm.
Danach fuhr ein Blitz durch die Lüfte,
der Hagel kam
die Sonne ging
und es wurde Nacht.

Und die weisen Alten,
die vielen Männer waren vom Schrecken erfaßt,
sie begruben
sich lebend.
Wie soll ich nicht bittere Tränen weinen,
wenn ich auf Fremde
in meinem Lande stoße!

Brüder,
laßt uns zusammentun
und unseren Schmerz beweinen
auf der blutgetränkten Erde.
Inka, du mein Vater,
der du die himmlische Welt bewohnst,
bist Zeuge meines Unglücks.

An all das muß ich denken
und sterbe dennoch nicht,
mein Herz wohnt nicht mehr in meiner Brust
und dennoch lebe ich.

Worte des Kaziken von Tumbaco, Quito, um 1534

1

Hier werden wir also die nächsten fünf Jahre leben.« Uta, die Frau des deutschen Projektleiters Dr. Titus Preuss, saß auf der Terrasse des Hotel de Turistas und schaute sich um. Es war ihr erster Morgen am neuen Wohnort in San Ramón, Provinz Chanchamayo, Peru. Entlang der Hotelterrasse standen mächtige, blühende Bäume und spendeten Schatten, unter deren kühler Frische Uta ihr Frühstück einnehmen wollte. Sie war allein, die wenigen Gäste des Hotels, Handlungsreisende wahrscheinlich, frühstückten im Speisesaal.

Uta klatschte zweimal in die Hände, so wie es in Lateinamerika üblich ist, um den Kellner zu rufen, und nach ein paar Minuten erschien ein kleiner, magerer Indio an ihrem Tisch. Er hieß Pancho, hatte einen devoten Gang und trotzige Augen. Wortlos und ohne Interesse für den neuen Gast nahm er die Bestellung auf.

Uta wartete und blickte, noch müde von der Zeitverschiebung, hinauf in den Himmel, der lichtblau und weiß durch die Zweige spitzte. Und daß es derselbe Himmel war, der sie überall auf der Welt überdachte, empfand sie tröstend, es gab ihr ein Gefühl von Heimat.

Was hatte sich nicht alles verändert in der kurzen Zeit, die seit dem Tag vergangen war, als Titus vom

Büro heimgekommen war und sie gefragt hatte, ob sie bereit wäre nach Peru umzuziehen.

Titus, Mitte Dreißig, fühlte viel ungenutzte Kraft in sich, und von Jahr zu Jahr wuchs ein Gefühl der Unzufriedenheit. In der Nacht konnte er nicht schlafen, er dachte mit kaltem Entsetzen an seine Arbeit in der Ministerialbehörde in den nächsten dreißig Jahren. Da war kein Platz für seine Kraft, nicht für eine einzige neue Idee; kein Andersdenken und kein eigenes Handeln war gefragt. Sein beruflicher Weg schnürte ihn ein wie ein Korsett aus unumstößlichen Gesetzesparagraphen, und auf die alle zwei Jahre stattfindenden Beförderungen legte er keinen Wert.

Von zu Hause war Titus gleich nach dem Abitur fortgezogen. Der väterliche landwirtschaftliche Betrieb, das Dorf, die norddeutsche Ebene waren ihm zu eng geworden. Er bekam keinen Atem mehr, wenn er daran dachte, ein Leben wie sein Vater führen zu müssen. Er ging fort, in den Süden, studierte in einer Großstadt. Die nahen Berge beengten ihn nicht.

Jetzt fing er wieder zu überlegen an, wie er der Strangulierung durch den Behördenalltag entgehen könnte. Als Forstwissenschaftler hatte er nicht viele Arbeitsmöglichkeiten, entweder Staatsdienst oder Privatforst, doch in beiden herrschten dieselben, seit hundert Jahren festgeschriebenen Gesetze.

Eines Tages las Titus in einer Fachzeitschrift die Ausschreibung für eine Projektleiterstelle für Waldbewirtschaftung und Tropenwaldaufforstung im Amazonasbecken von Peru und er bewarb sich sofort für diese Stelle im Land der Inkas, im Land seiner Jugendträume. Er war sich absolut sicher, in dem forstlichen Entwicklungshilfeprojekt seine ungenutzten Kräfte sinnvoll einsetzen und in Peru die Erfüllung seines Lebens finden zu können.

Erst als er eine schriftliche Zusage erhalten hatte, weihte er seine Frau ein und stellte sie vor vollendete Tatsachen.

»Und was wird aus mir und meiner Arbeit? Was mache ich im Dschungel?« fragte Uta.

Tagelang diskutierten sie darüber. Für Titus war es so selbstverständlich, daß Uta ihre Stelle als Produktionsassistentin bei der Film- und Fernsehfirma aufgab; und was sie in Peru arbeiten könnte, das würde sich finden.

Sie seien aber nicht auf ihr Gehalt angewiesen, er würde genug verdienen, sagte Titus.

Uta ging es nicht um ihr Gehalt. Es waren der nette Kollegenkreis, die Anerkennung, ihre Eigenständigkeit, die sie nicht verlieren wollte. Sie versuchte, es Titus begreiflich zu machen.

»Uta freust du dich denn gar nicht auf Südamerika!« Natürlich freute sie sich, selbstverständlich war sie neugierig auf die fremden Menschen, die Indianer, die Tropen!

Ein halbes Jahr verblieb ihr zur Vorbereitung des Umzugs, zum Erlernen der spanischen Sprache, und während Uta eifrig lernte und las, Bildbände über die Andenländer, über ihre Flora und Fauna bestaunte, da rückte ihre bisherige Berufswelt, der Mittelpunkt ihres Lebens, plötzlich in den Hintergrund. Etwas anziehend Neues tat sich vor ihr auf. Sie kündigte.

Titus schlief wieder die Nächte durch und ging mit einem zufriedenen Lächeln durch die Gänge der Ministerialbehörde.

Das Frühstück ließ auf sich warten, der Kellner mußte sie auf der Terrasse vergessen haben. Uta klatschte noch einmal in die Hände. Mit schnellen, kurzbeinigen Schritten kam Pedro, der zweite Kellner, auf sie zu und fragte nach ihren Wünschen. In flüssigem Spanisch wiederholte sie die Bestellung und fügte leise hinzu:

»...vergeßt mich nicht wieder.«

Pedro lachte sie gutmütig an und meinte entschuldigend, Pancho würde alles auf dem Weg zurück in die Küche vergessen, denn er habe andere Gedanken in seinem Kopf.

»Was für andere Gedanken?« fragte Uta.

»Er sagt, in seinem Kopf wohnt die Stimme des alten Uhus, er erzählt ihm die Geschichten des Alten Geschlechts und ermahnt die Jungen ihre Seelen nicht zu verlieren.«

Mit diesen geheimnisvollen Worten, die Uta nicht verstand, ging Pedro in die Küche und brachte bald danach ihr Frühstück: Papaya, gebratene Bananen mit zwei Spiegeleiern, Weißbrot und starken, fast öligen Kaffee. Sie frühstückte mit Genuß, die laue Luft schmeichelte ihren nackten Armen und Beinen, das Schrillen der Zikaden und das laute Zwitschern der Vögel fiel von oben aus den Zweigen auf sie herab, und der Himmel und die Farben, diese starken, reinen Farben der tropischen Natur steigerten noch den sinnlichen Eindruck ihres ersten Morgens in der Selva Central.

Uta entnahm ihrer Handtasche einen Zettel mit einer Wegskizze, den ihr Titus heute Morgen bevor er in sein Büro gegangen war, dagelassen hatte. Es war die Beschreibung des Weges zur Hazienda Jesús María, die vier Kilometer außerhalb des Dorfes lag. Uta kannte das Haus, das Titus für sie angemietet hatte noch nicht und machte sich auf den Weg.

Gleich neben dem Hotel befand sich die Flugpiste von San Ramón mit einem Hangar und zwei Bretterbaracken. Hotel und Flugplatz lagen außerhalb des Dorfes auf einem Plateau, das sich ungefähr fünfzig Meter über dem breiten Strom Tulumayo erhob.

Uta ging die staubige Flugpiste entlang, das war nicht gefährlich, denn es gab nur wenig Flugbetrieb und die ankommenden Propellermaschinen hörte man schon von weitem.

Am Ende der Piste führte ein schmaler Pfad durch ein Maisfeld hinunter zum Fluß, zu einem Dutzend Hütten, vielmehr Bretter- und Bambusverschlägen, die mit Palmen- und Bananenblättern gedeckt waren. Auf ein paar wenigen Dächern glitzerte silberweißes Wellblech und blendete Utas Augen.

Diese Ansiedlung von Hütten nannte man Playa Hermosa, Schöner Strand. Und die Menschen, die dort lebten, waren wirklich schön. Sorglos und anmutig, verspielt wie junge, wilde Tiere und mit froh lachenden Gesichtern begegneten sie jedem neuen Tag. Sie waren nackt oder halbnackt, ihre bronzefarbene Haut glänzte naß, denn sie liebten das Wasser des Flusses, bespritzten sich, planschten und badeten den ganzen Tag. Frauen knieten am Ufer, schäumten ihre Körper und ihre langen, schwarzen Haare ein oder wuschen Kleidungsstücke. Rhythmisch schlugen sie die nasse, eingeseifte Wäsche gegen einen Stein.

Wie in einem Traum stand Uta außerhalb des Geschehens und beobachtete mit ihren scharfen Augen das Treiben in Playa Hermosa. Klar und schattenlos tauchte die Äquatorsonne, die schon am frühen Vormittag im Zenit stand, Menschen und Kulisse in eine Helligkeit, in der nichts verborgen blieb, weder Schönheit noch Häßlichkeit.

Uta sah die aufgequollenen Kinderbäuche, die von der Brust bis zum Schritt reichten und den Nabel fast bis zum Platzen dehnten, sie bemerkte die rasierten, grindigen Köpfe einiger Kinder und sie registrierte den Gestank nach Urin und Kot, der um die Hütten lag.

Schillerndgrüne Schmeißfliegen belästigten sie aufdringlich laut sirrend, sie stürzten sich auf alles, was eine Ausdünstung, einen starken Geruch hatte. Im Gehen war die Fliegenplage erträglicher, und Uta setzte ihren Weg zur Hazienda auf dem schmalen Pfad flußaufwärts fort.

Nach einer halben Stunde Fußmarsch war ihr leichtes Kleid schweißnaß und ihr Kopf schmerzte von der Sonnenglut. Sie nahm sich vor, das nächste Mal einen Hut aufzusetzen. Als sie zu einem Seitenbach kam, ruhte sich Uta dort im Schatten aus. Klares Wasser überschwemmte den Pfad, sammelte sich in einer breiten Furt und stürzte in Kaskaden zum großen Strom hinunter.

Später erfuhr Uta, daß der Bach und die ganze unzugängliche Berg- und Waldgegend hier Tirol hießen und von deutschstämmigen Auswanderern im letzten Jahrhundert besiedelt worden war.

»In welchen Gegenden die Menschen ihr Lebensglück oder Unglück suchen … ?« wunderte sich Uta, als sie die Geschichte von den deutschen Pionieren im peruanischen Urwald hörte.

Nun war sie selbst dort angelangt, mehr als zehntausend Kilometer von ihrer Heimat entfernt. Sie schaute hinauf in den Himmel, der ihr hier und überall auf der Welt vertraut war und setzte dann ihren Weg zur Hazienda Jesús María fort, allein, denn niemand sonst wanderte in der Mittagshitze.

Frühmorgens und abends war der Pfad bevölkert. Kleingutbesitzer, meist Indianer aus dem Altiplano, die ins Tiefland gekommen waren, in der Hoffnung auf ein besseres Leben, verkauften ihre Früchte und Kaffeebohnen im Dorf San Ramón, von dort wurden die Produkte mit Lastwägen nach Lima weitertransportiert. Aber bis ins Dorf brachten die Indianer ihre Waren auf dem eigenen Rücken, auf Eseln und Mulis, nur selten fuhr ein Lastwagen den holprigen Pfad flußaufwärts und lud die schwere Last auf: Zitrusfrüchte, Ananas, Avocados, Papaya und Yuca.

Plötzlich verwandelte sich der heiße, staubige Weg in eine schwarzwogende Fläche. Vor Utas Füßen breiteten sich tausende von schwarzen Schmetterlingen aus. Sie saßen am Boden, flogen nicht fort, torkelten flügelschlagend übereinander. Uta beobachtete das ungewöhnliche Schauspiel. War es Liebesspiel, was die Schmetterlinge trieben oder ein gemeinsames Massensterben?

Das hatte Uta schon gelernt: in den Tropen war alles ohne Maß, sprengte alle Grenzen. Die Farben waren kräftiger und reiner, die Pflanzen wuchsen und blühten überdimensional, die Vermehrung ging explosionsartig vor sich, der Regen fiel wie die Sintflut über die Erde, und die glühende Sonne barg Leben und Vernichtung zugleich.

Was würde sie hier noch lernen?

Sie war an einer zwei Meter hohen Steinmauer angekommen, die das Haziendagrundstück umschloß, sie fand ein Tor auf halber Strecke und drehte an dem, wie eine Löwentatze geformten Türgriff. Quietschend öffnete sich das schwere Holzportal.

2

Vor ihr lag das Paradies, der Garten Eden. Rot und violett blühende Blumen umstanden in dichten Rabatten ein großes Haus, Hibiskussträucher mit riesigen rosafarbenen, roten und gelben Blütenkelchen, aus denen, samtig und lang wie Zungen, die Griffel ragten, waren entlang der Mauer gepflanzt, und mitten im Garten, in der Nähe eines Swimmingpools stand ein Baum mit goldgelben Blüten, der Utas Aufmerksamkeit auf sich zog. Denn die gelbe Farbe seiner Blüten war von so intensiver Sonnenkraft, daß Uta ihre Augen schützen mußte, um nicht blind zu werden. Das Gold überstrahlte den großen Garten und legte sich wie ein Glanz über alles.

»El Dorado«, kam Uta in den Sinn.

Ein Gärtner, ein Indio, saß in der Hocke und hieb mit einer Machete den Rasen kurz. Beim Öffnen des Tores erhob er sich und kam auf Uta zu.

»Sie sind die neue Señora, nicht wahr? Ich bin Clemente.«

»Freut mich. Ich heiße Uta.«

»Si Señora Uta.«

Uta lächelte Clemente an, das Gesicht des Indianers blieb ernst und ausdruckslos.

Drei kleine Kinder, die sich in der Nähe des Gärtners aufgehalten hatten, waren beim Anblick der weißen Frau in die Tiefe des Gartens geflüchtet. Hinter einer Palme waren sie in Deckung gegangen und beobachteten nun von dort aus die fremde Frau mit den hellen Haaren und der hellen Haut. Sie bewunderten ihren Vater, weil er keine Angst zeigte und neben der Frau auf das Haus zuging.

Clemente sperrte das alte Gebäude der ehemaligen Hazienda auf. Es war ein ebenerdiger Bau mit einer überdachten Veranda, die auf zwei Säulen ruhte. Eine schwärzlich verrottete Hängematte schaukelte zwischen den Säulen. Hinter dem Gärtner betrat Uta ihr neues Haus. Es war dumpfig und dreckig.

»Das Haus sollte doch frisch ausgemalt, geputzt und gelüftet werden! Warum ist das noch nicht gemacht?«

Clemente schaute zu Boden und schwieg, als ob er nicht verstanden hätte. Noch einmal fragte Uta:

»Warum ist das Haus noch nicht renoviert?«

»Niemand traut sich in das Haus, Señora!« antwortete Clemente leise.

Und erst als Uta zweimal ungeduldig nachfragte, »warum, warum nur?«, fing der Indianer zu erzählen an:

»Ich lebte schon hier mit meiner Familie, als der letzte Patrón die Hazienda und das Sägewerk kaufte; dort hinter der Mauer steht meine Hütte, und der Patrón hat mich nicht fortgejagt. Er hat viel getrunken, Zuckerrohrschnaps, und viel mit den Arbeitern herumgeschrien. Er war zornig, aber er liebte seine Hunde und sein Söhnchen Armando sehr. Der Patrón hatte viele Gewehre, er schoß auf alle Vögel im Garten, manchmal auch auf die Fische im Fluß. Die Señora war eine gute Frau.

Eines Tages traf der Patrón beim Herumschießen

im Garten das Köpfchen seines Sohnes, das Gehirn lief aus. Ein großes Unglück! An diesem Tag hörte ich den Uhu des Waldes schon zur Tageszeit klagen. Schauerlich sein Klagen am Tag. Ich war dort in der Ecke des Gartens und habe alles gesehen. Die Señora kam aus dem Haus, sie ging nicht zu Armando, sie lief zu ihrem Señor, sie nahm sein Gewehr und drückte auf ihn ab, dann ist sie ins Haus zurück, hat nachgeladen und das Gewehr an ihr Herz gehalten.

Alle sind tot. Ihre Seelen sind noch auf der Hazienda. Niemand will hierher, hier leben die Geister, Señora!«

Titus war einen Monat vor Uta nach San Ramón gereist und hatte die seit Jahren leerstehende, heruntergekommene Hazienda zu einem sehr billigen Preis angemietet. Kannte er die Geschichte der Hazienda nicht?

Uta erinnerte sich an den Brief, den ihr Titus aus Peru geschrieben hatte, wie glücklich er war, ein großes Haus mit Garten gefunden zu haben.

Er hatte einen Ort des Grauens gemietet!

Von Mund zu Mund ging die Nachricht, daß ein Fremder, ein Weißer, die Hazienda gemietet hatte. Die Einheimischen schüttelten die Köpfe über den Gringo, der sich vor nichts fürchtete. Sie selbst bekreuzigten sich, wenn sie an der Hazienda vorbeigingen, und legten einen Stein an den Wegrand. Eine kleine Steinpyramide hatte sich auf diese Weise gegenüber dem Portal gebildet.

Sie mußten das Haus selbst renovieren. Aber Titus war es gelungen, Clemente davon zu überzeugen, daß die toten Seelen ihm und seiner Familie unter dem Schutz des weißen Mannes nichts anhaben konnten, und so gingen der Gärtner, seine Frau

Teresa und ihre Kinder im Haus ein und aus und halfen bei der Instandsetzung der Räume.

Uta rutschte auf Knien von Zimmer zu Zimmer und schabte mit einer Spachtel die eingetrockneten Exkremente von Ratten, Vampiren, Cucarachas und Insekten, die sich in dem leerstehenden Haus eingenistet hatten, von den Fußböden. Titus besserte das Dach mit Wellblechbahnen aus, und Celemente weißelte die Zimmer.

Wenn der Indianer mit Uta in einem Raum bei der Arbeit zusammentraf, schaute er weg und sprach nicht mit ihr, es schien, als schämte er sich, die weiße Frau, die Señora, eine so dreckige Arbeit verrichten zu sehen. Mit der Zeit, als sich Uta eingelebt hatte und anfing, die Indianer zu verstehen, da schonte sie die Gefühle der Indianer und verrichtete keine Arbeit mehr unter ihren Augen.

Nach einem Monat bezogen sie ihr Haus, und schon in der ersten Nacht kamen die Geister. Sie waren gerade zu Bett gegangen, da pochte es an der Eingangstür. Titus stand auf und schaute nach. Eine traubenblaue Nacht lag vor ihm. Niemand war da, nichts bewegte sich im Garten. Wieder klopfte es laut, dieses Mal an der Tür, die von der Küche in den Garten führte. Schnell rannte Titus zur Küchentür und riß sie auf, die traubenblaue Nacht erwartete ihn. Plötzlich begann ein Pochen und Hämmern an allen Türen, Fenstern und Wänden des Hauses, und gleichzeitig war das Auf- und Zuschlagen einer Tür zu hören. Aber im ganzen Haus schlug keine Tür.

Uta war auch aufgestanden und hinter Titus auf die dunkle Veranda getreten. Friedlich lag die tropische Nacht vor ihr, nur ein paar Zikaden geigten. Im Haus hörte sie weiter das Klopfen und Schlagen.

Titus glaubte nicht an Gespenster, er sagte, das seien die Nachbarn, die sich einen Scherz erlaubten. Er würde schon noch herausfinden, wie sie das unsichtbare Hämmern bewerkstelligten.

Nachdenklich ging Uta wieder ins Bett. Insgeheim war sie froh, daß keine fremdartigen Menschen, keine Einbrecher, keine Mörder vor den Türen standen. Mit Geistern glaubte sie leben zu können und Uta überlegte, wie sie den ruhelosen Seelen – sie war überzeugt, daß es die Seelen der Ermordeten waren – helfen könnte. Sie wollte ihnen eine Gute-Nacht-Geschichte erzählen und dabei schlief sie ein. Im Haus wurde es still.

Der nächtliche Spuk wiederholte sich in unregelmäßigen Abständen, und immer war es ein Klopfen, Hämmern, Pochen und Schlagen kurz vor oder nach Mitternacht. Titus fand keine Erklärung für den Spuk, an Geister glaubte er trotzdem nicht. Er schaute nicht mehr nach, wenn es nachts an die Tür klopfte, er knurrte »Aufhören!« Uta aber lag wach und betete für die toten Seelen.

Auf der Hazienda Jesús María gab es keinen Strom und kein Telephon, nur das lebensnotwendige Wasser war reichlich vorhanden. Ein Bach aus den Bergen Tirols floß durch das Grundstück, speiste einen Wassertank und ein Schwimmbecken. Manchmal floß das Wasser erdig braun, manchmal war es von einem beißenden Geruch begleitet und zähflüssig wie Schlamm. Aber es war Wasser, kein Leben ohne Wasser. Für das Trink- und Kochwasser behalf sich Uta mit einem Filter, mehr hygienische Maßnahmen ergriff sie nicht. Sie lebte das primitive Leben, das ihr wie ein Abenteuerurlaub erschien.

Jesús María – ihr neues Zuhause. Was für ein sonderbarer Name für einen Ort: er klang wie ein Seufzer, wie eine Fürbitte. Jesús María!

Clemente wohnte weiter mit seiner Familie in der Hütte hinter der Mauer und arbeitete für die neuen, weißen Herren im Garten und in den Fruchtplantagen.

Er und seine Frau Teresa waren Quechua-Indianer. Vor vielen Jahren waren sie aus der kalten Sierra ins fruchtbare Tiefland der Selva Central gezogen. Beide konnten weder schreiben, noch lesen und sie besaßen kein Dokument, das ihre Geburt, ihre Heirat, ihre Identität bescheinigte. Sie erzählten Uta von ihrem Dorf mit den steinigen Weiden und dem harten Ichú-Gras für ihre Lama- und Alpakaherden, vom Wind und seinen zausigen Geschichten, von den königlichen Vicuñas, die seit Inkazeiten geschützt werden, und vom großen Mantaro-Tal, auf das sie von ihrem Dorf hinabblickten. Sie sagten, sie waren im selben Dorf zu der Zeit auf die Welt gekommen, als der Río Mantaro das letzte Goldkorn forttrug und sie legten sich zueinander in dem Sommer, als der Weizen besonders dicht stand und die Straße noch nicht bis ins Dorf kam.

Acht Kinder hatte Teresa geboren. Vier waren noch am Leben, zwei Buben und zwei Mädchen, das Jüngste trug sie auf den Rücken gebunden immer bei sich.

Teresa war schön. Uta schaute gern in ihr ernstes Bronzegesicht, über das nie ein Ausdruck von Unmut und Ärger huschte. Jeden Menschen, jedes Tier behandelte Teresa mit derselben sanften und liebevollen Art, dabei bewegte sie sich mit den weichsten und behutsamsten Bewegungen, die Uta je an einem Menschen beobachtet hatte.

Uta fragte die Indianerin, ob sie als ›muchacha‹ in ihrem Haushalt arbeiten wolle. Teresa sagte zu, nur kannte sie die Geräte und Gegenstände, die es in Utas Haushalt gab, und ihre Funktion nicht. All die verschiedenen Scheuerlappen, Putzlumpen, Tücher und Schwämme verwirrten Teresa; einen Besen und Schrubber hatte sie noch nie in der Hand gehalten. Und wozu brauchte man ein Geschirrtuch, wenn es die Sonne gab? Wozu Putzmittel, wenn der Flußsand vor der Türe lag? Und zum Kehren ihrer Hütte benutzte Teresa Palmwedel und zusammengebundene Gerstenstengel.

Geduldig ließ sie sich aber den Umgang mit den vielen westlichen Hygieneartikeln zeigen, von denen Uta meinte, daß sie für ihr Wohlbefinden nötig seien. Teresa lernte leicht und nach zwei Wochen übernahm sie selbständig die Reinigung des Hauses.

Da sich in den Tropen immer viele Termiten, Spinnen, Falter und der Dreck von Vampiren an den Fliegengittern der Fenster und an der Hauswand und den Türen niederlassen, hatte Uta Teresa gebeten, jeden Tag das Haus von außen abzukehren.

Nach der Innenrenovierung machte sich Uta daran, die Außenseiten der Türen und Fenster zu streichen. Sie hatte eine königsblaue Farbe gewählt, die mit dem Weiß des Hauses und dem Gleißen der Sonne und des Himmels wetteiferte.

Seit dem frühen Morgen war Uta auf den Beinen und strich die Türen und Fensterstöcke blau. Teresa hantierte in der Küche, kam dann mit dem Besen auf die Veranda und fing zu kehren an. Uta beachtete sie nicht, bis sie aus dem Augenwinkel königsblaue Farbe an der weißen Hauswand wahrnahm. Teresa kehrte die frisch gestrichenen Türen und Fenster! Wütend fuhr Uta Teresa an:

»Párate! Halt, was fällt dir ein!«

Uta schaute in das freundliche und sanfte Gesicht der Indianerin. Zutraulich und in vollkommener Unschuld wartete Teresa auf eine weitere Erklärung der Señora.

Da erkannte Uta ihren Fehler, sie schämte sich. Woher sollte Teresa von der Trocknungszeit der Ölfarbe wissen, wenn sie Ölfarbe gar nicht kannte! Ein Gefühl sagte Uta, daß sie diese arglosen Menschen, die wie Neugeborene waren, beschützen müsse.

Sie lachte, umarmte Teresa und entschuldigte sich bei ihr. Die Hauswand blieb blau gestriemt.

3

Auf der siebenstündigen Fahrt vom Flughafen in Lima über die Kordillere, mit ihren fast fünftausend Meter hohen Pässen, nach San Ramón hatte Titus seiner gerade angekommenen Frau von seinem begonnenen Forstprojekt, seiner verantwortungsvollen Arbeit und den neuen Lebensverhältnissen in einem tropischen Dorf erzählt. Er redete ununterbrochen und merkte gar nicht, daß Uta nach der zwanzigstündigen Reise, der Zeitverschiebung und den vielen Eindrücken übermüdet war. In ihrem Kopf begann es zu pochen und zu schmerzen, das Kopfweh steigerte sich in der sauerstoffarmen Atemluft und der mit Schlaglöchern übersäten Fahrbahn. Sie sehnte sich nach einem Bett und Schlaf.

Von der Seite beobachtete sie Titus. Da war ein neuer Zug an ihm, etwas sprengendes, kraftvolles, sogar herrisches, das sie in den fünf Jahren, seit sie ihn kannte, noch nicht an ihm wahrgenommen hatte. Viel gesprochen hatte er nie; er war ein ruhiger, beinahe verklemmt wirkender Mann gewesen, so wie er am Flughafen hinter der Scheibe stand und auf seine Frau wartete. Uta erkannte ihn schon von weitem. Seine große Gestalt, Kopf und Hals etwas linkisch verkrümmt, stand er auf einem Fleck und bewegte sich nicht. Die Menschen um ihn herum gestikulierten, pufften sich, sprangen zappelnd hin und her, lachten und weinten gleichzeitig vor Wiedersehensfreude. Titus rührte sich nicht, er stand wie ein Fels in der Brandung und wartete ruhig auf Utas Ankunft. Seine Gedanken beschäftigten sich mit seiner neuen Aufgabe. Um so mehr liebte er Utas Schnelligkeit und fröhliche Beweglichkeit, die ihn manchmal ansteckte. Dann schien er ein glückliches, etwas linkisches Kind.

Von der schwerblütigen, evangelischen Umgebung des väterlichen Hofes in Norddeutschland hatte sich Titus früh befreit. Aber seine Eltern hatte er immer geachtet, ihre tägliche Fron der täglich wiederkehrenden Stall- und Feldarbeit, die aufhört und wieder von vorne beginnt, ohne Abweichung, exakt dieselben Bewegungsabläufe, Tag für Tag und Jahr für Jahr bis die Gelenke steif werden. Titus haßte diese Art von Arbeit. Während seiner Schulzeit vergrub er sich mehr und mehr in Bücher. Reisebücher, Romane über Entdeckungen, Beschreibungen anderer Völker und Kulturen interessierten ihn so brennend, daß er mit zwölf Jahren beschloß Forschungsreisender zu werden. Reisen, in Bewegung sein und gleichzeitig einer unbekannten Herausforderung zu begegnen, das wurde zu seinem Lebensziel. Mit neunzehn Jahren war es dann soweit, er setzte sich in Bewegung und ließ das väterliche Dorf hinter sich. Die strengen moralischen Grenzen seines Vaters und das eindeutige Unterscheiden von Gut und Böse, das er von seiner Mutter gelernt hatte, nahm er auf seine Lebensreise mit.

Im leichtlebigen Süden verliebte er sich auf der Stelle in die luftige Uta. Sie verlobten sich und heirateten kurz nach Titus Staatsexamen. Utas heitere Art erleichterte ihm viel; auch jetzt noch, wenn er die Augen schloß und an Uta dachte, sah er sie immer leicht und zierlich in ihrer fast schwerelosen Art zu gehen vor oder neben sich. Er nahm seine rechte Hand vom Steuer und ließ sie einen Moment auf Utas Oberschenkel ruhen, dann konzentrierte er sich wieder auf die Straße und ihre Fahrt in die Zukunft. So viel gab es in diesem Land zu tun, und er würde es tun, das schwor sich Titus. Er war froh, Uta neben sich zu wissen.

Titus erzählte weiter von seinem Projekt. Sein Mitarbeiterstab bestand vorerst aus vier Agrar- und Forstingenieuren und einem technischen Zeichner, der sich als Allroundtalent entpuppte. Er hieß Felipe und sprach Titus stets mit Jefe an. Von den peruanischen Ingenieuren fungierte Raúl Yupanqui Paz, ein Quechua-Indianer, als Koordinator und einheimischer Leiter. Titus verstand sich nicht mit ihm. Er berichtete Uta von den Diskussionen, die er gleich in den ersten Tagen mit Raúl ausgefochten hatte.

Im Rahmen eines kleinen Einführungsvortrages hatte er Raúl die Entwicklungshilfepolitik erklärt; Sinn und Aufgaben von internationalen und bilateralen Projekten. Schnell war ihm Raúl ins Wort gefallen und hatte sich über den Ausdruck ›Entwicklungshilfe‹ entrüstet.

»Hilfe zur Entwicklung? Wem fällt es ein, Entwicklung zu bewerten? Entwicklung ist doch ein Zeitmaß, und wir alle, alle Menschen auf dem Globus haben einen Stammesvater und eine gemeinsame Mutter. Tragen wir nicht dieselben Millionen Menschenjahre auf dem Rücken? Kulturen sind verschieden, aber kann man Kulturen bewerten?« »Aber natürlich! Das, was dem Menschen und der Zivilisation mehr nützt, ist mehr wert und somit überlegen. Ihr solltet dankbar sein, daß wir euch unsere Errungenschaften fast gratis ins Land bringen.«

»Gratis?! Ihr habt ohne zu bezahlen, Gold und Silber aus unserem Kontinent gepreßt. Wir haben keinen Grund, dankbar zu sein. Aber vielleicht soll eure Entwicklungshilfe euer Gewissen beruhigen!«

Was sollte Titus da noch antworten? Er ahnte, mit Raúl, der reglos und mit gefährlich zu Schlitzen zusammengekniffenen Augen vor ihm stand, würde er sich nicht verständigen können. Es herrschte ein grundsätzliches Mißverstehen, wie damals bei seinem Namensvetter Titu Cusi. Raúl Yupanqui Paz war stolz und ungebrochen. Seine Seele würde er, so wie es das Alte Geschlecht forderte, nicht verlieren und die Pachamama, die Mutter Erde, nicht verletzen und verraten.

Einen starken Willen und ein Ziel hatte er schon früh in sich gespürt, immer gewußt, daß er das Adobehaus seiner Eltern in Palca bald verlassen würde. Er wollte nach Lima, in die Hauptstadt und er wollte lernen, lernen, lernen. Nur über Wissen und Bildung würde er sein Ziel verwirklichen können.

Er träumte von einem Indianerstaat nach den Regeln des Alten Geschlechts: Staat, Religion und Volk sollten eine Einheit und von wahrer gegenseitiger Fürsorge erfüllt sein. Und alle, auch der oberste Inka, ordnen sich unter die ewigen Gesetze der Natur. In Harmonie mit der Mutter Erde, die uns nährt, leben, nur so ist die Zukunft der Menschen zu sichern.

Von Jahr zu Jahr lernte Raúl fanatischer und er

bekam als Jahrgangsbester ein Stipendium für die Universität in Lima. Endlich war er in Lima.

Er verachtete sie alle, die weißhäutigen Professoren und seine Kommilitonen, ohne darüber nachzudenken. Sein Instinkt sagte ihm, daß immer noch Gefahr von den Weißen ausging: Ober sticht Unter, Wolf frißt Schaf, weißer Mann tötet roten Mann.

Raúl las alle Bücher über die alten Kulturen seines Kontinents, nicht nur über die großen, die Mayas, Azteken, Olmeken und Inkas. Er interessierte sich auch für die kleinen Stammeskulturen und deren Zusammenleben.

In der Bibliothek der Universität kam er zum ersten Mal mit Gleichgesinnten ins Gespräch und da störte ihn auch nicht, daß einige hellhäutig waren. Sie gaben ihm Marx und Mao zu lesen, und er wurde begeistertes Mitglied einer der vielen ›Revolutionären Roten Fronten‹, die es an der Universität gab. Sein Studium der Forstwissenschaft vernachlässigte er nicht. Er kam gut und zügig durch alle Semester und stand zum Schluß wieder als Bester da. Das eröffnete ihm eine Karriere an der Universität, die er aber nach kurzer Bedenkzeit ausschlug. Lieber wollte er in die Provinz gehen, hinaus in sein großes Land, nicht lehren und forschen, sondern arbeiten, wollte Raúl, Dinge bewegen und etwas für seine Mitmenschen tun. Man bot ihm die Stelle des Counterparts in einem deutschen Forstprojekt in der Selva Central an, und er entschied sich für diese Stelle.

Als Titus während der Fahrt nach San Ramón seiner Frau von Raúl erzählte, über das Wenige, das er aus seinem Leben wußte, berichtete, erkannte Uta sofort, daß da zwei ähnliche Männer aufeinanderzutrieben. Sie wollte mit Titus über ihren Eindruck und ihr Gefühl sprechen, aber jetzt war sie zu müde, jetzt wollte sie nur noch schlafen. Sie hatten Zeit, es würden noch viele Tage kommen, sie waren ja erst am Anfang.

4

Von weitem betrachtet, vom erhöhten Standort des Hotels, war San Ramón ein idyllisches Dorf.

Ein reißender Bach mit hellklarem Wasser, der von der Kordillere herunterkam, vereinigte sich mit den lehmig braunen Wassermassen des großen Tieflandstroms Tulumayo. Am Zusammenfluß lag das Dorf.

In sanften Wellen zogen sich Fruchtplantagen am Strom entlang, eine reiche Schwemmerde begünstigte den Anbau. Orangen-, Limonen- und Avocadobäume wechselten mit Ananas-, Yuca-, Mais- und Papayaplantagen ab; in den höheren Lagen wurde der gute Kaffee der Selva Central angebaut. Es war ein gutes, fruchtbares Land.

Rund um das Tal standen die dicht bewaldeten, steilen Berghänge der Selva, und in der Ferne sah man die immer steiler und schroffer werdenden Hänge der Kordillere.

In dem schmalen Tal, das der Gebirgsbach geschnitten hatte, zog sich eine Straße, gefährlich exponiert, an einer schwindelerregenden Schlucht entlang. Sie war die einzige Verbindung mit dem Hochland und der Hauptstadt, und schon am ersten Tag hörte Uta, daß diese Straße oft von Muren verschüttet und unpassierbar sei. Das Dorf war dann oft wochen- bis monatelang von der Außenwelt abgeschnitten.

Uta spazierte durch das kleine Dorf. Nur die ungefähr zweihundert Schritte lange Hauptstraße war gepflastert. Rechts und links reihten sich einstöckige, weiß, blau oder rosa getünchte Häuser aneinander, Geschäfte mit einem kümmerlichen Bestand an Waren; Restaurants, schmucklos und einfach, in denen roh gezimmerte Holztische auf betoniertem Boden standen und das Essen auf bunten Blechtellern serviert wurde.

Die Häuser hatten weit vorspringende Dächer, die vor den tropischen Regengüssen schützten, und die Gehsteige zu beiden Seiten lagen dreißig Zentimeter über der Straße. Während der heftigen Regengüsse flüchteten sich die Menschen auf die hochliegenden Bürgersteige, denn auf der leicht zum Fluß hinunter geneigten Fahrbahn schoß das Regenwasser, schäumend und reißend dahin wie ein Fluß.

Am unteren Ende der Hauptstraße gelangte Uta zur Plaza und setzte sich auf eine der vielen Bänke, die unter orangeblühenden Bäumen standen. Spielende Kinder, die den Platz bevölkerten, zogen sich scheu zurück, die Erwachsenen näherten sich Uta neugierig und sprachen sie liebevoll an:

»Was machst du hier, Gringuita, kleine Fremde?«

»Ich lebe jetzt bei euch.«

»Wo lebst du?«

»Auf der Hazienda Jesús María.«

»Sprechen die Geister zu dir, kleine Fremde?«

»Ja, manchmal in der Nacht. Ich beruhige sie und wünsche ihnen die ewige Ruhe.«

»Bist du eine Schamanin?«

»Nein, ich bete nur für die getötete Familie.«

»Bete auch für uns, kleine Fremde!«

Uta schlenderte weiter die Hauptstraße entlang

zum Fluß Tulumayo, der auf seinem Weg zum Atlantik seinen Namen änderte: Perené, Ucayali, Amazonas. Sie starrte in das drängend wälzende, trübe Wasser, fixierte eine Welle und war sich bewußt, daß auch diese Welle den Amazonas füllte.

Über den Fluß führte eine ehemalige Eisenbahnbrücke, eine altmodisch stählerne Konstruktion. Holzplanken waren lose als Fahrbahn über das eiserne Gestrebe gelegt und verrutschten nach jedem Befahren. Die Autofahrer mußten, bevor sie über die Brücke fuhren, aussteigen und die Planken ordnen. Zwischen den Verstrebungen blickte man auf den zehn Meter tiefer liegenden braunen Strom. Es gab einen Brückendienst. Zu beiden Seiten der Brücke lagen Kinder auf der Lauer, und wenn ein Chauffeur nicht aussteigen und selbst die Planken richten wollte, so taten sie es gegen Entgelt. Insgeheim vergrößerten die Kinder die Löcher auf der Brücke oder ließen Bretter verschwinden. Mehrarbeit brachte mehr Geld ein.

Noch erging es Uta wie einer Touristin. Sie freute sich über alles, was sie sah, bestaunte jede Alltagsszene wie ein Schauspiel. Sie war mitten in einer exotischen Welt.

Da trippelten Hochlandindianer, die Quechuas, an ihr vorbei, tief gebückt von den auf ihre Rücken gebundenen Lasten; da standen statuenhaft die Tieflandindianer, die Campas und Amueshas, in lange braune Cushmas gehüllt und boten Pfeil und Bogen zum Kauf an; da tänzelten verführerisch und eingehakt drei Carmen-Schönheiten über die Plaza, das schwarzblaue Haar schmückte eine rote Blüte; halbnackte, wie von glänzender Bronze überschüttete Babys mit ungewöhnlicher Haarfülle auf dem Kopf saugten an den immer milchprallen Brüsten ihrer Mütter.

Uta erfaßte den Charme der Tropen, die Farbenspiele des Himmels und der wild gebauschten Wolken, das Übermaß an Wärme und Sonne, an Blüten und Fruchtbarkeit.

Die traurigen Tropen mit ihrer Ausweglosigkeit an Armut und Krankheit hatte Uta noch nicht entdeckt, noch ging sie lächelnd, ohne Ekelgefühle über den Markt.

Sie überquerte die Plaza und sog die exotische Idylle ein. An der Ecke stand das einstöckige Gebäude der Polizei, in dessen oberem Stockwerk das Forstprojekt mit seinem Büro untergebracht war. Uta beschloß, Titus einen Besuch abzustatten und bei der Gelegenheit seine Mitarbeiter kennenzulernen.

Im halbdunklen Flur der Polizeistation kauerten und warteten Menschen, sie sprachen gegen vergitterte Türen. Aus den drei Verwahrzellen reckten sich dunkle Arme zwischen den Stäben heraus.

Erschrocken suchte Uta die Treppe und stieg an unverputzten Wänden vorbei eilig die derbgrauen Betonstufen hinauf. Ein einziger Raum und eine Toilette befanden sich im ersten Stock. Uta klopfte an und trat ein.

In einem großen, kahlen Zimmer arbeiteten Titus und seine peruanischen Mitarbeiter an vier, mitten in den Raum gestellten, Schreibtischen. Als die Männer Uta in der Tür erblickten, schnellten sie wie auf ein geheimes Kommando hoch. Titus blieb sitzen und stellte seine Frau vor. Fremde, glatte Wangen streiften Utas Wange zur Begrüßung, sie hinterließen eine sanfte Wärme. Die Männer nannten ihre Namen,

Raúl, Felipe, Marcial, Pablo, Hernán und blieben vor Uta stehen.

»Setz dich doch!«, raunte Titus auf deutsch seiner Frau zu, »sonst arbeiten die Kerle nicht weiter.«

Aber auch sitzend wandten die Männer der anwesenden Señora ihre ganze höfliche Aufmerksamkeit zu.

»Wie Sonnenblumen, die ihre Köpfe nach der Sonne drehen, sind hier die Männer«, dachte Uta.

Titus hatte zu erzählen begonnen, wie er sich schon seit seiner Jugend für die Inkas und ihr großes, mächtiges Reich interessierte und wie es kam, daß er zufällig auf die Stellenausschreibung für das Projekt in Peru gestoßen war, und wie sie alles in Deutschland hinter sich gelassen hätten, um hier zu leben. Er sei fest entschlossen, den Menschen, den Wäldern zu helfen und seine Señora unterstütze ihn dabei.

Während Titus sprach, beobachtete Uta Raúl, den einzigen Indianer in der Runde. Er war kein schöner Mann, zu eckig und gedrungen. Auch die Form seines Kopfes war quadratisch. Seine Augen hielt Raúl meistens zu Schlitzen verschlossen, ruhig ohne ein Zittern lagen die Lider über den schwarzen Augen und gaben keine Regung, kein Gefühl preis. Alles wirkte ruhig und sicher an diesem Mann, als nähme er einen Platz ein, der nur ihm gehörte, jetzt und für immer. Bemerkenswert fand Uta seinen großen Mund, vor allem den Schwung der Oberlippe, die wie eine breite, sanft ausrollende Welle war.

»Im Grunde ist er hinter seiner kupferfarbenen Maske weich und sehr verletzbar«, dachte Uta beim Betrachten seines Gesichtes.

Das Arbeitsklima im Büro schien vor allem dank Felipe, der den Clown spielte, gut und lustig. Nur beklagten die Männer sich darüber, daß keine Sekretärin in der Gegend zu finden sei, nicht um Kaffee zu kochen und die Männer anzulächeln, sondern um zu tippen und zu übersetzen. Auch aus Lima war niemand, auch mit dem Anreiz eines höheren Gehaltes, in die wilde Provinz zu locken. Jeder tippte seinen Text selbst. Titus übergab seine handgeschriebenen Berichte und Briefe Felipe zum Tippen.

Nach einer halben Stunde gab Titus Uta das Zeichen für ihren Aufbruch. Er beteiligte sich nicht mehr an der Unterhaltung beschäftigte sich mit Papieren auf seinem Schreibtisch, Uta verabschiedete sich. Wieder näherten sich ihr die Wangen der Männer, jede Wange mit dem ihr eigenen Geruch und ihrer Wärme. Aber als Raúl sich ihrem Gesicht näherte, schloß Uta für einen kurzen Moment ihre Augen. Da spürte sie nicht nur die Haut des Indianers an ihrer Wange, sondern sie verstand in einem winzigen Augenblick sein Wesen.

Bevor Uta den langen Fußmarsch zurück auf die Hazienda antrat, beschloß sie noch etwas zu trinken. Jenseits des Stroms stieg sie die Anhöhe zum Hotel de Turistas hinauf. Dort oben, auf der schattigen Terrasse saß sie gern und plauderte mit Pedro oder Pancho.

»Hola qué tal gringuita, wie geht's?«

Das ganze Dorf sagte zu Uta ›kleine Fremde‹. Sie bestellte einen Krug Orangensaft, und als Pancho ihn brachte, begann sie ein Gespräch:

»Warum seid ihr alle so gut zu mir?«

»Du bist das Andere, das wir auch lieben, kleine Fremde.«

»Das verstehe ich nicht.«

»In der Frau liebt und achtet der Mann die Frau in sich selbst.«

»Und was achtet der Indianer am Weißen?«

»Eben das, was er selbst nicht ist. Vielleicht Gott, vielleicht den Teufel. Jeder andere Teil ergänzt auch mich.«

»Von wem weißt du das, Pancho?«

»Von den Alten.«

5

»Hier! Du hast ja nicht so viel zu tun, tipp mir das, bitte, wir schaffen es im Büro nicht mehr!«

Titus kam nach Hause und warf einen Packen handbeschriebener Blätter auf die Küchenanrichte, auf der Uta gerade das Essen vorbereitete.

»Was soll ich hier in der Küche damit, leg die Sachen ins Arbeitszimmer«, sagte sie lachend.

Uta fand, daß sie alle Hände voll zu tun hatte, unter den primitiven, lebensfeindlichen und anstrengenden Bedingungen gut zu überleben. Nicht umsonst war San Ramón als Hardship-post ausgeschrieben gewesen, was bedeutete, daß die ausländischen Experten, die es wagten in diesem Tropenkaff zu leben und zu arbeiten, mit besonders hohen Gehältern dafür entlohnt wurden.

Eine Alltagskultur in die Wildnis zu bringen und Tag für Tag aufrecht zu erhalten, empfand Uta als ihre Aufgabe, und Titus sah voll Zufriedenheit, daß zu Hause alles reibungslos funktionierte. Die mühevolle Kleinarbeit, die dahintersteckte, erkannte er nicht.

Das Haus war gemütlich eingerichtet, der Tisch immer reichlich geschmückt und gedeckt, sogar eine Flasche Ocucaje-Wein stand bereit. Alles mußte von weither organisiert und beschafft werden, vieles mußte Uta mit ihren eigenen Händen machen. Es gab keinen

Strom auf der Hazienda und keine Haushaltsgeräte, der Eisschrank wurde mit Kerosin betrieben.

Oft gab es Engpässe beim Kauf von Kerosin. Täglich backte Uta Brot, vergaß auch nicht die Plätzchen und Käsestangen, die Titus liebte; manchmal überraschte sie ihn mit selbstgemachten Brezeln. All das kostete viel Zeit und Aufwand. Nun also auch noch für Titus und das Projekt tippen!

Uta fing mit seiner Korrespondenz an, nach und nach kamen Facharbeiten, Gutachten, Übersetzungen hinzu. Zusätzlich kümmerte sie sich um die Bücher und Fachzeitschriften des Projekts und stellte einen Katalog zusammen. Immer länger saß sie täglich an ihrem Schreibtisch in Jesús María, denn im einzigen Büroraum des Projekts fand sich kein Platz für sie. Uta arbeitete ungesehen, wenn Titus abends nach Hause kam, war die Arbeit getan.

Uta saß in ihrem Arbeitszimmer und blickte durch das Fliegengitter in den Garten auf die grüne Hölle der Selva. Im ganzen Haus gab es keine Glasfenster, nur mit Maschendraht bespannte Fensterstöcke. Ihr Arbeitszimmer war ein besonders luftiger Raum: drei Wandseiten waren nur bis Brusthöhe gemauert und dann bis zur Decke offen und mit Fliegengitter bespannt.

Hier saß Uta luftumweht und schaute während des Tippens immer wieder träumend auf die verschiedenen Grüntöne der Natur. Nirgends auf der Welt, nur innerhalb ein paar Breitengraden nördlich und südlich des Äquators, gibt es diese Vielfalt von grünen Farben. Sie versank im Grün der Tropen.

Sie riß sich los, las Titus winzige Handschrift und begann die Liste der einheimischen Flora zu tippen:

Bombax sp. …
Buddleia …
Cedrelinga catenaeformis …

Die Bedeutung der lateinischen Namen amüsierte Uta. Ihre Phantasie verfing sich in absurden Wortspielen wie ›bombastische Flaschenzunge in Ketten‹. Von der Vorstellung eines Baumes der in Ketten lag, sprangen ihre Gedanken zu ihrem eigenen Leben in San Ramón. Seit dem ersten Tag im Dorf fühlte sie sich angekettet an das Schicksal der blähbäuchigen Kinder, an ihre Verantwortung gegenüber Clemente und seiner Familie, an die Geister der Nacht, und ebenso war sie verkettet mit dem Zustandekommen einer erfolgreichen Wiederaufforstung in der Selva Central. Mit jedem weiteren Tag verlängerte Uta ihre Kette, oder die Kette verlängerte sich von selbst.

In der Dritten Welt gab es kein eigensüchtiges Leben; denn nur die Balancehaltung zwischen allen Lebewesen sicherte das Leben des Einzelnen. Vor allem die Indianer wußten um die Verantwortung des Individuums, und Uta übernahm ganz selbstverständlich deren Haltung.

Sie tippte.

Heisteria pallida …
Hura crepitans …
Hymenaea palustris …

»Wir müssen zusammenhalten in dieser Wildnis«, beschwörte auch Titus sie täglich, »sonst überleben wir nicht.«

Aus diesem Grund hatte sie sich bereiterklärt, den ersten der bestellten Lastwägen aus dem Zoll in Callao zu holen und nach San Ramón zu fahren. Es wurde eine Fahrt, die sie nie vergessen würde.

Sie flog allein nach Lima, vom Projekt mit allen nötigen Papieren und Autorisationen ausgestattet. Im Zoll von Callao fragte sie sich von Schalter zu Schalter, sammelte Bescheinigungen, füllte sechsfach Formulare und Anträge aus, schluckte das hochmütige Benehmen der peruanischen Zollbeamten, die es allem Anschein nach unter ihrer Würde fanden, eine junge, weiße Frau über Zollformalitäten zu informieren und dadurch Einblick in ihre männliche Berufswelt zu gewähren. Ein Angestellter, von dem sie mit Nachdruck forderte, seine Zeitungslektüre zu unterbrechen und ihr den fehlenden Stempel zu geben, empörte sich laut:

»Señorita! So spricht man nicht mit einem Señor!« und er ließ sie lange warten.

Sie tippte.

Iriartea ventricosa …

Panicum sp. …

Pennisetum …

Sofort fühlte sie wieder den Zorn in ihrem Herzen, als sie sich an die beschämenden Worte erinnerte.

Uta holte sich helfende Schreiben mit großen Stempeln und eleganten Unterschriften, die Idiogrammen glichen vom Außenministerium und ihrer Botschaft, bis sie es endlich geschafft hatte, das erste Projektfahrzeug aus dem Zoll zu befreien.

Am nächsten Morgen trat sie mit dem Lastwagen die Rückreise ins Chanchamayo-Tal an. Sie mußte auf die Carretera Central, die Landstraße, die nach Osten führte, gelangen. Doch in der Hauptstadt mit ihren

gigantischen Ausmaßen gab es keine Beschilderung. Die meisten Schilder waren abmontiert, das Material für einen anderen Zweck von den Armen wiederverwendet. Das gleiche geschah mit den Gulligittern, den Kanaldeckeln und anderen städtebaulichen Maßnahmen.
Sie tippte.

Parkia nitens …
Podocarpus …
Psidium …

So fuhr Uta mitten hinein in die Kolonien der Armut. Die Armut, die sie dort zu Gesicht bekam – nicht einmal eine Vorstellung davon hatte es in ihrem bisherigen Leben gegeben – war die Hölle! Im Schritttempo kam sie nur vorwärts, kraterförmigen Straßenlöchern ausweichend, an Höllenbehausungen vorbei, an offenen, stinkenden Müllbergen, an grau-schmutzigen Lumpenmenschen, fleischlos wie Skelette, die aber noch lebten und sich wie schwankende Seiltänzer versuchten auf dem Seil zu halten. Uta begriff die Sinnlosigkeit dieses Bemühens. Und wie in der christlichen Vorstellung von der Hölle war alles mit einem schwarz-rußigen Belag überzogen, denn in der Wüstenstadt Lima fehlte der reinigende Regen, das Wasser.

In einer kleinen Größe ist Armut, ist Tod vorstellbar. Aber wie geht man mit hunderttausenden von Toten bei Naturkatastrophen oder Seuchen um? Hinter der abstrakten Ziffer versteckt sich unermeßliches Leid. Das sah Uta hier.

»Meinem armen, zerlumpten Nachbarn«, dachte sie, »kann ich mich zuwenden und ihm helfen. Was mache ich bei dieser Menge, bei diesem Ausmaß?«

Sie schaute weg, starrte geradeaus auf die Straße, fuhr so schnell es der schlechte Belag zuließ hilflos durch die Slums. Weiter draußen setzten sich die Kolonien der Armut fort. In der unbebauten Wüste erstreckten sich die illegalen, jungen Dörfer, die ›Pueblos jóvenes‹. Da lebten die indianischen Familien, die aus dem kargen, kalten Hochland gekommen waren, zwischen vier Stöcken, an denen bunte Stofffetzen hingen. Dahinter war ihr Zuhause, da fanden sie Schutz und Intimität.

Uta fragte sich, warum hier keine Organisation eingriff.

Gab es nicht die UNO, die die Menschenrechte auf dem Papier festlegt und fordert: »Jeder Mensch hat Anspruch auf eine Lebenshaltung, die seine und seiner Familie Gesundheit und Wohlbefinden gewährleistet.«

Während sie dachte entzifferten ihre Augen automatisch die Handschrift von Titus. Unaufhörlich tippte sie weiter.

Schizolobium amazonicum …

Socratea …

Swietenia macrophylla …

Weiter draußen, am Fuß der Schwarzen Berge, in Chosica, waren nicht nur die Menschenrechte gewährleistet, dort schlug Uta ein unvorstellbarer Luxus entgegen. Hier lebten die Reichen in ihren Palästen hinter hohen Mauern, die mit üppig blühenden Kaskaden von Bougainvillea bewachsen waren. Haß stieg in Uta hoch; gleichermaßen Haß gegen die Menschen in den Luxusvillen, wie gegen die Indios in den Müllhalden. Trotz der Löcher in der Teerdecke gab sie Gas und floh aus dieser Stadt der Extreme.

Endlich lag der chaotische und verwirrende Stadtbrei hinter ihr, die Teerdecke wurde noch schadhafter, und langsam schraubte sie sich mit dem Lastwagen hinauf zum langen, kurvenreichen Anstieg auf den höchsten Straßenpaß der Welt. Als sie die Paßhöhe des Ticlio auf 4900 Metern erreichte, raste ihr Herz und in ihrem Kopf hämmerte ein spitzer Schmerz. Sie atmete schnell und oberflächlich und hatte das Gefühl keine Luft zu bekommen. Es waren die ersten Anzeichen der Höhenkrankheit ›soroche‹.

Draußen war es eiskalt, und die Straße so geborsten und zerlöchert, daß sie mit dem schwer zu lenkenden Lastwagen kaum ausweichen konnte und Schlag für Schlag abbekam. Um sie herum lag eine nackte, baumlose Mondlandschaft, an einigen Stellen klafften wie offene Wunden riesige Löcher in den Bergen. Das Mark der Berge wurde ausgehöhlt und abgetragen. Schwefelgelbe, grüne und braune Bergkloake türmte sich neben den geöffneten Bergen zu neuen, künstlichen Bergen.

Uta fuhr tausend Meter hinunter, dann wieder tausend Höhenmeter hinauf auf ihrer Berg- und Talfahrt. Der Witwenpaß war der letzte Paß, den sie überqueren mußte. Er trug seinen Namen zurecht. Die Straße stürzte am Rande einer Schlucht viertausend Meter hinunter in die Selva Central. Auf der kurvenreichen, schmalen Staubstraße gab es nur wenige Ausweichstellen. Oft standen sich Jeeps, Busse, Lastwägen Kühler an Kühler gegenüber. Keiner der Fahrer wagte rückwärts am unbefestigten Abgrund entlang zu manövrieren, und es dauerte Stunden bis der Verkehr wieder floß. Deshalb fuhren die Einheimischen lieber nachts, da sah man schon von weitem die Scheinwerfer der entgegenkommenden Fahrzeuge und man konnte sich rechtzeitig eine Haltenische suchen. Der Fahrer, der stand, löschte seine Lichter als Signal für den Entgegenkommenden.

Trotzdem stürzten Nacht für Nacht Autos in den Abgrund.

Als Uta mit dem Lastwagen in San Ramón nach einer zehnstündigen Fahrt ankam, wurde sie von den Männern des Forstprojektes auf der Plaza stürmisch empfangen und mit süßem, peruanischem Sekt begrüßt, das Auto getauft. Alle waren ausgelassen, angeheitert. Einer nach dem anderen, selbst der, der keinen Führerschein besaß, drehte auch ohne mit dem neuen Wagen eine Runde im Dorf. Uta stand erschöpft und berauscht vom Sekt abseits. Die Männer bewunderten, beredeten und betasteten nur noch das Fahrzeug.

»Nie wieder«, sagte Uta zu Titus, »nie wieder nehme ich solche Strapazen auf mich. In Zukunft mußt du das selbst machen.«

Die Liste der einheimischen Flora war fertig getippt. Uta zog das letzte Blatt aus der Maschine und legte es zu dem ordentlichen Stoß auf dem Schreibtisch. Es war fünf Uhr. Bald würde die tropische Dunkelheit einbrechen. Sie machte sich Tee und legte sich in die Hängematte auf der Terrasse. Sanft schaukelte sie ihre Gedanken zu Ende.

6

Mit Beginn der Regenzeit kamen die Katastrophen. Der weite, Uta so vertraute Himmel, öffnete seine Schleusen und die Sintflut ergoß sich über das Tal. In der Nacht hörten Titus und Uta den Berg im Rücken des Hauses poltern und rutschen, und der liebliche Gartenbach hatte sich, nach der zweiten Nacht unaufhörlichen Regens, in einen reißend angeschwollenen Wildbach verwandelt und bedeckte große Teile des Gartens mit lehmigen Wassermassen.

Sie schaufelten, leiteten das Wasser um, befestigten mit einem Schutzwall aus Steinen und Erde das Haus. Alle Indianer der Nachbarschaft halfen mit.

Sie erfuhren, auch die Straße nach Lima in der Tarma-Schlucht war von Bergabgängen verschüttet und nicht mehr befahrbar. Aber dann erreichten sie schlimmere Nachrichten. Eine Schlammlawine hatte das Nachbartal auf einer Länge von fünfzig Kilometern erfaßt und zugedeckt. Hundert Familien mit ihren Tieren ertranken und erstickten. Für die wenigen Familien die diese Katastrophe überlebt hatten, gab es dort kein Weiterleben mehr. Ernte, Vorräte, Felder, Hütten, alles war vernichtet. Auch einer der vier Pflanzgärten des Projekts, der vor Beginn der Regenzeit noch fertiggestellt worden war, lag verschüttet unter Tonnen nasser und schwerer Erdmassen.

Die Aufräumarbeiten würden Monate dauern, doch niemand sprach von einer Katastrophe; keine nationalen Hilfsmaßnahmen wurden ergriffen und keine Rettungstrupps setzten sich in die Selva Central in Bewegung. Niemand im Land nahm Notiz von dem Unglück – es gab zu viele Naturkatastrophen. Die Indios zuckten nur mit den Schultern und sagten:

»Así es – so ist eben die Natur.«

Uta ging ins Dorf, um Einkäufe zu machen, bevor es nichts mehr zu kaufen gab, weil kein Nachschub aus Lima ins Tal kam. Im Dorf saßen die Indios wie gewöhnlich auf der Erde, am Rand des Bürgersteigs. Fremde Gestalten, scheinbar ohne Leben. Sie saßen und schauten. Es schien, als ob sie nach außen und gleichzeitig nach innen schauten und horchten. Stumm und reglos saßen sie in der Hocke, ihre Sinne aber waren hellwach und in ständigem Austausch mit der Natur. Stumm verständigten sie sich auch untereinander; wozu Worte, wenn sich die wichtigen Dinge des Lebens anders vermitteln lassen? Eine Feierlichkeit wie in einer Kirche umwehte die ruhigen Gestalten der Indianer.

In der Nähe des Marktes saßen die Fremden, die sich aus dem verschütteten Tal gerettet hatten. Uta beobachtete sie; kein Zeichen von Verzweiflung konnte sie an ihnen erkennen. Klaglos saßen sie mit ihrer wenigen Habe, die sie in ein Tuchbündel verknotet auf dem Rücken trugen und zeigten mit keiner Regung, daß sie gerade dem Tod entkommen waren, nur ihr eigenes Leben gerettet und sonst alles verloren hatten, Haus und Hof und Anverwandte.

Uta ging zu den Obdachlosen und bot ihnen Quartier in einem leerstehenden Seitentrakt der Hazienda an. Titus hatte zwar noch keine Zeit gefunden,

den Anbau zu renovieren und einzurichten, aber die Zimmer waren sauber und die Vertriebenen hatten einen Schutz und eine Bleibe.

Zwei Familien erhoben sich und trotteten im Gänsemarsch schweigend hinter Uta her. Auf der Hazienda wies sie ihnen zwei Zimmer an. Die Fremden ließen sich am Boden nieder. Uta brachte ihnen Früchte, gekochte Yuca und Mais.

Am nächsten Morgen schaute sie wieder nach ihnen. Die Zimmer waren leer, die Indianer verschwunden. Nichts deutete daraufhin, daß sie hier gewesen waren. Was für einen Grund hatten sie gehabt fortzugehen? Hatten sie die vagabundierenden Seelen gesehen, hatten in der Nacht auch hier die Geister gepocht? Uta erfuhr es nicht, weder im Dorf noch in der Umgebung traf sie die Fremden je wieder.

Das Leben von Uta Preuss hatte sich seit sie in Peru lebte, grundlegend geändert. Jeder Handgriff, jedes Betrachten der Natur und der Menschen veränderte ihr Wesen. Einen gewöhnlichen Alltag kannte sie nicht. Jeder Tag wuchs einem kleinen, einem großen Wunder entgegen. Jeden Morgen fand und erkundete sie wie ein kleines Kind eine neue Welt. Immer noch war ihr aber bewußt, was sie aufgegeben hatte, darunter so Angenehmes wie einen Hahn aufdrehen zu können und heißes Wasser zur Verfügung zu haben. Der sehnsüchtige Wunsch ein heißes Bad zu nehmen, begleitete ihre Jahre in den Tropen. Sie grollte Titus, denn er lachte sie aus, er ertrüge doch auch das kalte Wasser. Seine Haut aber war nicht so dünn und außerdem mit Fett und Haaren geschützt.

Die neue Aufgabe, die Funktion eines Projektleiters und die damit verbundene Entscheidungsmacht veränderten Titus, machten ihn ernster und sicherer. Immer weiter wagte er sich mit neuen Ideen für sein Entwicklungshilfeprojekt vor und war bereit, eine Last der Verantwortung zu tragen, wie sie zuletzt die Inka-Herrscher für ihr Volk übernommen hatten. Alles machte er allein. Bevor er zu delegieren wagte, mußten sich seine Mitarbeiter bewähren. Und auch Uta weihte er mehr und mehr in die Dinge des Forstprojektes ein:

»Die Samen von der Samenbank in London sind angekommen.«

»Wie schön.«

»Morgen beginnen wir mit der Keimung.«

»Aha. Willst du noch Gemüse?«

»Ja. Wir haben ein spezielles Gemisch aus Erde, Sand und Sägespänen zusammengestellt.«

»Ich hör dich nicht, ich bin in der Küche.«

»Heute habe ich fünf Arbeiter für den Pflanzgarten in San Ramón eingestellt.«

»Macht das nicht Raúl?«

»Ich lasse sie nach Akkord bezahlen, für die Anzahl der Plastiksäckchen, die sie mit Erde füllen.«

»Warum gibst du ihnen nicht die Sicherheit eines monatlichen Verdienstes?«

»Ich will, daß sie auch Druck spüren, ihre Lethargie aufgeben, mehr Verantwortung übernehmen. Das wird sie weiterbringen.«

Nach dem Abendessen vertiefte sich Titus, so gut es beim schwachen Schein der Kerosinlampe ging, in seine Fachzeitschriften aus denen er immer wieder laut vorlas. Plötzlich sah er auf und fragte Uta mit lachenden Augen:

»Spielen wir noch Scrabble? Das liebst du doch so.«

Uta stand auf, holte das Spiel aus dem Schrank und zählte die weißen Plättchen ab. Lust zu spielen, hatte sie nicht, sie tat es Titus zuliebe. Mit ernster Miene versenkte er sich in jedes Spiel, das für ihn keine Zeit der Entspannung, sondern fast heilige Konzentration war. Beim Scrabble peilte er die höchstmögliche Punktezahl an und er hatte kein Verständnis für Uta, die sich nur auf die Schönheit von Wortschöpfungen kaprizierte und am liebsten ohne die Punkte zu zählen, spielen wollte.

»Wozu spiele ich dann, wenn es keine eindeutigen Gewinner und Verlierer gibt?«, dachte Titus.

Er gewann mit eindeutigem Vorsprung, Uta verräumte das Spiel und sie gingen schlafen.

Gegen ein Uhr nachts erwachten sie wieder. Jemand hatte gleichzeitig an ihr Fenster und die Haustür gepocht. Energisch sprang Titus aus dem Bett.

»Mir reicht's! Ich will schlafen! Es gibt keine Gespenster!« rief er laut, nahm die Taschenlampe vom Nachttisch und leuchtete sich den Weg durch das dunkle Haus in die Küche. Ihm war eine Idee gekommen. Er nahm die Mehldose vom Küchenbord und ging damit ins Freie. Rund um das Haus verteilte er Mehlstaub und achtete darauf, nicht selbst hineinzutreten. Eine jungfräulich weiße Spur zog er um das Haus und morgen früh würde er die Abdrücke analysieren und wissen, wer da nachts an die Türen und Fenster hämmerte.

Uta konnte in dieser Nacht nicht mehr einschlafen. Sie lauschte den kräftigen Atemzügen von Titus, dann begannen die Geister wieder mit ihren Geräuschen. Es wurde an der Eingangstür, an der Küchentür gerüttelt, sie hörte schwere Schritte und nach einer kurzen Stille die schleifenden und quietschenden Töne von herumrückenden Möbelstücken.

»Geht doch! Geht um eurer selbst willen fort! Ihr lebt nicht mehr hier«, flehte Uta in die dunkle, pochend-laute Nacht hinein.

Sie hätte gern Titus geweckt und mit ihm über die armen toten Seelen, an die sie glaubte, gesprochen; auch wenn Titus immer behauptete, es gäbe keine Geistwesen und keinen Spuk auf der Welt, so bemerkte sie dennoch, daß ihr Mann durch die nächtlichen Vorkommnisse verunsichert war und alles daran setzte, die unerklärlichen Geräusche zu erhellen. Uta nahm sich vor, einmal mit dem Indianer Raúl über die Geister zu sprechen. Vielleicht wüßte er einen Rat. Dann schlief auch sie ein.

Die Spurensuche im Mehlstaub erbrachte am nächsten Morgen nichts. Titus begann einzusehen, daß es Dinge gab, die er nicht erklären konnte. Zur großen Verwunderung von Uta zuckte er die Achseln und murmelte nur »así es«.

Auf jeden Fall konnte der nächtliche Lärm nicht von den Käfern, Mäusen und Katzen ausgegangen sein, die in dieser Nacht in den Mehlstaub getreten waren.

Ein neues Experiment fiel Titus ein. Beim nächsten Klopfen wollte er die Türen offenlassen und mit Blitzlicht die Nacht vor der Tür fotografieren. Uta lachte und wußte jetzt schon, daß Geister nicht abzulichten waren.

»Raúl, kann ich dich etwas fragen?«

»Ja, Señora.«

»Sag nicht Señora zu mir, ich heiße Uta.«

»Gut.«

»Hast du gehört, daß es auf der Hazienda Jesús María spukt?«

»Ja.«

»Weißt du, wer oder was da spukt?«

»Das sind die Seelen, die nach ihrem Schatten suchen, die nach ihm trommeln.«

»Die Seelen der drei ermordeten Menschen?«

»Ja.«

»Warum müssen sie suchen?«

»Weil sie ermordet worden sind! Der Tod kommt so plötzlich, Seele und Seelenschatten haben keine Zeit mehr sich zu vereinen, und der Schatten bleibt an der Stelle des Todes zurück. Das kann auch bei einem Autounfall oder anderen tödlichen Unfällen passieren.«

»Wann findet der Schatten seine Seele wieder?«

»Das weiß ich nicht. Irgendwann vereinigen sie sich, sind erlöst und der Spuk hört auf.«

»Gott sei Dank.«

»Darf ich dir einen Rat geben, Uta?«

»Ja?«

»Ihr müßt die Hazienda verlassen.«

»Warum?«

»Dort ist noch die Energie der Gewalttat vorhanden. Eigentlich löst sich diese Energie niemals auf, auch nicht nach Jahren. Wir würden nicht in einem Haus leben, in dem eine Gewalttat geschehen ist; wir würden das Haus verbrennen.«

»Aber wenn ich selbst nicht gewalttätig bin, kann mir diese Energie nichts anhaben.«

»Du kennst die Energiegesetze nicht, die Tatsache von Kettenreaktionen!«

7

Uta bemerkte nicht, wie ihre Zeit und ihre Kraft allmählich weniger wurden, wie die Intensität des Anfangs an ihr nagte und sie schmerzte.

In den ersten Monaten hatte sie sich noch die Zeit genommen, nachmittags, wenn sie ihre Tipparbeit beiseite gelegt hatte, eine erholsame Teepause einzulegen. Sie setzte sich auf die Veranda oder legte sich in die sanft wiegende Hängematte und ließ durch Augen, Ohren, Sinne die tropische Welt in sich hinein.

Jetzt erst hörte sie wieder den kreischenden Lärm der Zikaden, das frenetische Tremolo der Tropen, das ihre Ohren während des konzentrierten Schreibens ausgesperrt hatten. Es gab Unterschiede, je nach Wetter und Tageszeit änderten die Zikaden ihre Tonlage, doch immer schrillten sie mit höchster Intensität, fast Brutalität auf einem metallisch harten Ton. Manchmal aber, waren die Zikaden durch einen Umstand, den niemand kannte, weich gestimmt; dann erfüllte ein himmlisches In-dulci-jubilo den Garten und das Tal.

Feuchtheiße Luft hing träge und klebrig an Uta. Sie schaukelte in der Hängematte und trank Tee. Im Garten beobachtete sie das brünstige Schwirren, das unaufhörliche Kopulieren der Vögel, Falter und Insekten. Eine immerwährende, berauschende Fruchtbarkeit erfüllt die Tropen.

Um sechs Uhr abends fällt die Sonne in den Tropen vom Himmel, übergangslos verlöscht das Tageslicht. Keine Dämmerung verbindet den Tag mit der Nacht, es gibt nur ein Entweder – Oder, Tagesgleißen oder Nachtschwärze. Ein eindeutiger Rhythmus bestimmt das ganze Jahr über diese äquatorialen Breitengrade: zwölf Stunden Helligkeit, zwölf Stunden Dunkelheit. Wie an- und ausgeknipst wirkt das Himmelslicht, ohne Morgendämmerung, ohne Abenddämmerung.

Um sechs Uhr beendete Uta ihre Teestunde und machte sich daran, das Haus zu beleuchten. In allen Zimmern standen zwei Petroleumlampen; sie füllte die Glasbehälter mit dem rosafarbenen Kerosin auf, schnitt den Docht zurecht, damit er nicht rußte und reinigte die Glaszylinder. Dann zündete sie alle Lampen an. Ein warmer, undeutlicher Lichtschein breitete sich aus.

Nun fing sie mit dem Kochen an. Wenn das schwere Holztor quietschte und Scheinwerfer im Garten aufflammten, legte sie alles beiseite und ging Titus in die Nacht entgegen. Sie neigte ihr Gesicht, ihren Oberkörper ihm zu, breitete ihre Arme aus. Titus kam ihr ruhig, in seiner etwas krummen Haltung, entgegen.

»Heimkehr des Herrn«, schoß es Uta durch den Kopf und sie lächelte. In München wäre ihr niemals in den Sinn gekommen, daß es einen ›Herrn‹ geben müßte. Sie kuschelte sich an die Seite ihres Mannes und gemeinsamen Schrittes gingen sie durch den traubenblauen Garten auf den schwachen Schein ihres Hauses zu. Das ›Kreuz des Südens‹ stand am Himmel genau über ihnen.

»Ein Stromgenerator wäre eine große Hilfe, er

würde mir das Leben hier sehr erleichtern«, sagte Uta beim Betreten der Küche.

»Wieso fängst du wieder damit an? Wir haben doch beschlossen, daß ein Generator zu teuer ist. Warte bis ich Zeit habe, dann baue ich ein kleines Kraftwerk mit Sonnen- oder Wasserenergie. Beides ist ja reichlich vorhanden.«

Seine Arbeit in den Pflanzgärten, der Samenbank, die Vorbereitung zur großflächigen Wiederaufforstung der Selva Central hatte absolute Priorität vor den privaten Lebensbedingungen. Auch auf Utas wiederholten Wunsch, das Geisterhaus zu verlassen, reagierte Titus mit Unverständnis.

»Versteh doch, Uta, in der ganzen Umgebung gibt es kein anderes Haus zu mieten.«

»Wir könnten eins bauen.«

»Das ist ein zu großer Aufwand.«

»Aber Raúl sagt, es ist gefährlich, in einem Mordhaus zu leben; die negative Energie bleibt an Ort und Stelle.«

»Wir sind keine Indianer, Uta, wir glauben nicht an Geister, Dämonen und den Uhu des Waldes. Laß dich nicht verunsichern!«

Vieles raubte Uta ihre ganze Kraft. Morgens schon mußte sie sich überwinden, das kalte, schmutzigbraune Wasser über ihren Körper rinnen zu lassen, vor allem die Kälte auf Haut und Haaren ließ sie zittern. Sie hatte einfach keine Konstitution für kaltes Wasser.

Vor dem Duschen jedesmal das Herausschütteln der bissigen Spinnen, das Töten der ›tarántulas‹ und ›cucarachas‹. Mit ihren Holzpantinen trat Uta auf die fleischigen, handtellergroßen Tierkörper. Sie hörte das Knacken der Panzer. Es war Mord. Und Morgen für Morgen war der Ekel da.

Nachts hatte sie die Feldmausinvasion zu ertragen. Die kleinen, flinken Tierchen schossen und flitzten über ihren nackten, nur mit einem Leintuch bedeckten Körper hinweg. Durch alle Fenster- und Türöffnungen zwängten sich die Mäuse ins Haus und gingen nachts auf Beutezug. Es kam auch vor, daß sie tagsüber Uta aus Schubladen und Schrankfächern entgegensprangen. Nie öffnete sie entspannt einen Schrank, immer erwartete sie etwas Unvorhergesehenes.

Der Fußmarsch ins Dorf: jeden Tag, eine Stunde. In der Hitze dahintrotten ohne zu denken. Würde sie anfangen zu denken, würde sie umkehren. Der noch in Deutschland bestellte Privatjeep war noch nicht eingetroffen und die Projektfahrzeuge durfte sie nicht benutzen, da war Titus sehr streng. Uta marschierte und schleppte, sie verlor an Gewicht.

Dann die Ekelgefühle am Markt, der Geruch des sich in der Hitze zersetzenden Fleisches. Ihr Weg führte vorbei an den Ständen der Schlachter. Um diese Zeit lagen nur noch quallig weißes Gedärm, durchzogen von haarfeinen roten und blauen Linien, Rindergurgeln, Schädelplatten mit grauschwarzen Hörnern auf den Verkaufstischen und paarweise dazwischengestreut starrten sie tote Rinderaugen an. Glänzendschön wie Murmeln lagen sie da, und Uta fürchtete sich vor ihnen.

»Was die Menschen nicht alles essen, um sich zu ernähren!« wunderte sie sich.

Sie selbst könnte in einer Hungersnot alles essen, nur die toten Augen nicht.

»Kauf bei mir, kleine Fremde!«

Jeder Händler wollte sie fröhlich zu seinem Stand

ziehen, aber Uta ging weiter. Wenn sie gutes Fleisch kaufen wollte, mußte sie vor sieben Uhr morgens auf dem Markt sein. Sie durchschritt die Markthalle und ging nach draußen. Auf einem Platz zwischen Marktgebäude und Straße wurden Gemüse und Früchte verkauft. Alles war auf dem Boden ausgebreitet und die Marktfrauen saßen daneben.

Als Uta am Ende des Marktes ankam, blieb sie stehen und beobachtete eine India in der Tracht des Hochlandes, die gerade ihr Tuchbündel vom Rücken nahm, sich auf die Erde setzte und es in den Staub legte. Uta war fasziniert, mit welcher Versunkenheit und Hingabe die Frau hantierte. Das Bündel enthielt einen Schatz: sie schlug das buntgewebte Tuch auseinander, da lag ein nacktes, ungefähr ein Jahr altes Mädchen und daneben lagen fünf Süßkartoffeln, fünf Avocados und fünf Maiskolben. Das war der Ernteertrag, den ihre Familie nicht selbst zur Ernährung brauchte und der zum Verkauf bestimmt war.

Die India besaß keine Marktlizenz. Sie suchte sich einen Platz außerhalb und doch nahe des Gemüsemarktes. Sie setzte sich auf die Kante des Bürgersteigs, schichtete ihre Waren neben sich auf und plazierte ihr Kind vor sich im Rinnstein.

Das nackte Mädchen saß im Rinnsteinwasser. Milchkaffeefarben zog das Abwasser an ihm vorbei. Mit der flachen Hand platschte das Kind hinein, immer wieder. Eine ausgepreßte Orangenhälfte schaukelte daher, in den leeren Fruchthautkammern wimmelte es von Ameisen. Das Kind griff nach dem Ding und steckte es in den Mund. Nacheinander schaukelten Grünzeug, geformter Kot, erdige Maniokschalen und eine kleine rosa Puppenplastikhand vorbei. Eine tote

Ratte mit zertrümmertem Kopf lag unmittelbar neben dem Kind, es hatte sein linkes Händchen daraufgestützt, die rechte Hand platschte weiter reflexartig im Rinnsteinwasser. Zehn Schritte entfernt setzte sich eine Marktfrau im Rinnstein in die Hocke, schaumiger Urin floß unter ihren drei Röcken ab. Mitten auf der Straße fraß sich ein falber Hund an einem Haufen Eselskot satt. Eine senkrecht stehende Sonne leuchtete die Szene schattenlos vor Uta aus.

Uta riß sich vom fesselnden Reiz des Morbiden los. Schnell kaufte sie der Indiofrau alle Feldfrüchte ab und schlenderte weiter zur Plaza. Dort, unter den schattigen und singenden Bäumen fing sie an, ihre Empfindungen und Eindrücke vom Markt zu ordnen.

Sie fühlte sich wie in einen Abgrund gestoßen, als ob ihr jäh der Boden unter den Füßen weggerissen worden wäre. Sie glaubte, in der Hölle zu sein und war nur in der Wirklichkeit gelandet, in den ›Traurigen Tropen‹. Die exotische Urlaubsstimmung war verflogen, das prickelnde, eigensüchtige Abenteuer mit der geheimen Forderung nach Genuß und Abwechslung – Gefühlen, denen jeder Mensch im Urlaub nachrennt.

Die häßliche Armut überwältigte Uta und sie fragte sich, wie sie hier weiterleben könne. Der Projektvertrag ging über fünf Jahre!

In diesem Augenblick sah sie Raúl das Polizeigebäude verlassen. Er kam im richtigen Moment, ihm konnte sie von ihren Erlebnissen am Markt erzählen. Fast ein wenig scheu hob Uta ihre Hand, um sich bemerkbar zu machen und winkte. Raúl hatte sie längst gesehen und kam zu ihr.

»Hola qué tal.«

»Hallo, Raúl! Ich glaube, ich habe einen Kulturschock.«

»Was ist das?«

»Mir ekelt vor dem Darm, den Augen, die ihr eßt! Ich hasse die Frau, die ungeniert in den Rinnstein pisst! Ich will das in Lumpen gepackte Skelett, das ein Säugling ist, nicht sehen! Mein Gott, ich liebe Kinder, früher habe ich die Babys angefaßt und auf den Arm genommen. Jetzt stößt mich alles ab!«

»Ich weiß, es ist schwer, unsere Armut anzuschauen; anregender sind natürlich die Schönheiten der Tropen.«

»Ja. Im Urlaub genieße ich den Reiz der Exotik und achte gar nicht auf zerlumpte Gestalten, die man in den Hotels auch nicht sieht.«

»Aber du bist nicht im Urlaub, du lebst hier im Zentrum des Landes! Einen noch größeren Schock würdest du in der Stadt Potosí in Bolivien erleben. Sie war die Silberstadt mit dem größten Silberreichtum der Welt, und nun siehst du dort das nackte Elend. So ist die Welt, así es.«

Raúl stand auf. Ganz leicht streifte zum Abschied seine Wange Utas Wange, gerade so nah kam er ihr, daß sie den Geruch seiner blauschwarzen Haare wahrnahm.

Sie machte sich auf den Heimweg, auf den Fußmarsch zurück, eine Stunde, in der Hitze dahintrotten ohne zu denken. Würde sie anfangen zu denken, würde sie umkehren.

»So ist es mit vielen Dingen in der Welt«, dachte Uta, und das ›así es‹, das ›es ist wie es ist‹, der Indianer trug sie ruhig nach Hause.

8

Drei Monate war auf der einzigen Straße, die das Tal in Richtung Lima verließ kein Durchkommen. Die Straße blieb verschüttet, das Tal abgeschnitten.

»No hay paso!« – Kein Durchkommen!

Jeden Tag vernahm Uta diesen Satz im Dorf. Allmählich gingen ihre Lebensmittelvorräte zu Ende und in den wenigen Geschäften gab es nichts nachzukaufen. Langsam erfaßte sie Panik über das Eingesperrtsein in einem Tal ohne Ausgang. Die stoischen Indios zuckten nur mit der Achsel und murmelten:

»Es ist wie es ist, así es.«

Erst als die Regenfälle nachließen und die Erdrutsche aufhörten, begannen Straßentrupps daran zu arbeiten, die Straße wieder passierbar zu machen. Endlich floß der Verkehr und der Nachschub wieder in die Selva Central.

In dieser Zeit des Eingesperrtseins begleitete Uta oft Titus und Raúl auf Wanderungen und Erkundungen in der näheren und weiteren Umgebung. Die beiden Forstexperten suchten nach besonders prächtigen Samenbäumen, begutachteten zukünftiges Aufforstungsgelände oder suchten einen geeigneten Platz für einen neuen Pflanzgarten. Manchmal machten sie Ausflüge tief in den Urwald hinein.

Jeder der drei ging auf eine für ihn typische Art. Titus immer hetzend, voll neugierigem Tatendrang.

Nie wollte er eine Ruhepause einlegen. Sein Blick war fest auf seine große Armbanduhr geheftet, und er ging nach einer inneren Liste vor. Alles wollte er systematisch erkunden und sich nichts entgehen lassen.

Uta dagegen war das Gehen wichtig. In der Motorik des langsamen Gehens beruhigten sich ihre Gedanken, sie kam wieder zu sich selbst. Dann atmete sie tief durch, sprang über Wurzeln, sah die Affen und Faultiere in den Bäumen hängen und freute sich an dem sinnlichen Höhlenlicht und dem Moschusmoder des Urwaldes.

Raúl marschierte hinter ihr und machte sie auf vieles aufmerksam. Titus war ihren Blicken enteilt. Der Indianer war Teil der Natur. Er wußte, sah und erfühlte alles. Am liebsten, sagte er zu Uta, würde er nackt durch den Wald gehen, nur so seien alle Sinne lebendig.

Sie machten Halt am Sandufer des Flusses Pichis. Die Männer zogen sich aus und sprangen nackt ins Wasser.

Uta blieb zurück, sie legte sich in den Sand, der warm war, groß- und dunkelkörnig glitzerte und blendete. Ein paar Findlinge und angeschwemmte Baumstämme lagen herum. Alles war so weit entfernt von seinem Ursprungsort:

Uta, die Steine, der Fluß – auch die Wellen des Flusses –, die Wolken! Nur der Himmel war immer da, entfernte sich nie!

Als Raúl als erster aus dem Wasser kam, blinzelte Uta gegen die Sonne. Sie sah ihn, aufrecht, seine Schultern nach hinten gedrückt. Seinen Kopf bewegte er frei und stolz. Die Augen hatte er auch jetzt zu Schlitzen verschlossen, vergeblich suchte Uta seinen Blick. Er sah sie nicht an, aber sein Mund lächelte. Er schüttelte sich wie ein Tier, die Wassertropfen flogen blitzend davon. Uta betrachtete seinen glatten, bronzefarbenen Körper. Sie stand auf und ging mit einem Handtuch auf beide Männer zu.

Schweigsam saßen sie noch ein wenig im weichen Schwemmsand des Flußufers, aßen kaltes Fleisch und gekochte Yuca, streckten sich dann aus und ruhten.

Die Luft vibrierte vom schrillen Höllenspektakel, das um diese Zeit die Affen, Papageien und Zikaden veranstalteten. Doch wenn Uta sich vollständig fallen ließ, dann hörte sie das Kreischen nicht mehr, dann nahm sie nur das weiche Singen des Flusses wahr.

Plötzlich sah Titus auf seine Uhr und sagte:

»In einer Viertelstunde brechen wir auf!«

»Bemessen nach deiner Viertelstunde – hora alemana?«

»Das ist nicht *meine* Viertelstunde!«

»Doch! Denn meine Viertelstunde bemißt sich nicht nach deinen Zeigern. Für mich zählt die Sonne, der Mond, der Schatten, die Vögel, der Tau und manchmal auch mein Herz.«

»Das ist Steinzeit.«

»Weißt du, es gab Ewigkeiten, in denen deine Zeit, deine Zeitmessung nicht existierte.«

»Gott sei Dank gibt es jetzt die exakten Wissenschaften, die absolute Maßeinheit! Sonst würde Chaos herrschen.«

»Kein Chaos! Es herrschte vielleicht ein gemeinsames Fühlen, ein gemeinsames Sehen und Verstehen.«

»Gefühle sind wissenschaftlich nicht relevant.«

»Und deshalb durch deine Uhrzeiger ersetzbar, nicht wahr?«

»Machst du dich über mich lustig?«

»Nein, aber Zeit ist nur eine leere Form, die jeder anders fühlt: Tiere, Pflanzen, Geistwesen und wir Indianer haben ein anderes Zeitbewußtsein. Gehn wir?«

»Ja, gehn wir«, sagte Uta. Sie wollte das Gehörte in der Motorik des Gehens in ihrem Kopf und im Herzen wenden und verstehen. Titus sah noch einmal auf seine Uhr und erhob sich zögernd.

Bald danach erkrankte Raúl. Mit hohem Fieber fuhr er nach Palca, in sein Heimatdorf auf dreitausend Meter Höhe. Ein unerklärliches Fieber breitete sich im Tal aus, sprang wie ein Feuer von Mensch zu Mensch, von Hütte zu Hütte. Auch in der Nachbarschaft der Hazienda wütete das Fieber, und als erstes starben die Kinder an der Gelbfieber-Epidemie.

In einem Buch über die Konquista hatte Uta gelesen, daß die Bakterien und Viren, welche die Eroberer in den neuen Kontinent eingeschleppt hatten, ihre wirksamsten Verbündeten waren. Seuchen breiteten sich aus und dezimierten die Indianer, da ihr Organismus den neuen Krankheiten gegenüber wehrlos war. So war es immer noch.

Uta hatte angefangen, sich um die Kinder in den umliegenden Hütten zu kümmern. Auch während der Epidemie machte sie weiter, sie war gegen Gelbfieber geimpft und fühlte sich immun.

Lange Zeit, beinahe ein halbes Jahr hatte es gedauert, bis die Kinder Vertrauen zu ihr gefaßt hatten und sich ihr näherten. Vor dem bärtigen, großgewachsenen Titus stoben sie immer noch davon, wenn sie ihn kommen sahen. Aus der Ferne, aus der sicheren Ferne hatten sie auch die hellhäutige und hellhaarige Frau beobachtet. Doch wenn Uta nur einen Schritt zu nahe auf sie zugekommen war, waren sie geflüchtet. Verborgen hinter schützenden Baumstämmen oder großen Flußsteinen verfolgten sie die weiße Frau mit ihren Blicken.

Eines Tages ganz unerwartet floh ein Mädchen nicht vor Uta. Sie mochte fünf Jahre alt sein, war viel zu klein und viel zu dünn. Mit zitternder Anspannung blieb sie stehen, bis Uta sich dicht vor ihr in Augenhöhe hinkniete.

»Qué tal, wie heißt du?«

»Maricarmen. Und du?«

»Uta.«

»Was für saubere Augen du hast. Ich habe schmutzige Augen.«

»Aber nein, Maricarmen, du hast wunderschöne schwarzbraune Augen.«

»Ich habe Tieraugen. Und du hast die Augen der Himmelsgöttin.«

»Wie meinst du das?«

»Meine Mutter sagt, die weiße Frau hat die Augen des Himmels, also kommt sie auch von dort.«

»Nein, Maricarmen, das ist nicht richtig. Ich komme aus einem Land, es ist weit weg von hier, und in meinem Land haben sehr viele Menschen blaue Augen. Soll ich dir etwas verraten? Ich finde schwarze Augen viel schöner, ich hätte gerne deine Augen!«

»Wirklich?«

»Ja. Aber ich habe nun mal die blauen Augen des Tages und du die schwarzen Augen der Nacht!«

Seitdem begrüßten sie sich mit »Hallo Tagauge, hallo Nachtauge!« Aber heute, als Uta auf die Hütte von

Maricarmen und ihrer Familie zuging, sah sie das Mädchen ganz apathisch am Seitenbach sitzen; mit einer Hand goß sie Wasser über ihren Kopf. Langsam, unendlich langsam machte sie das. Sie stand auch nicht auf, als Uta herankam.

»Hallo Nachtauge! Was tust du?«

Maricarmen sah zu Uta auf, ihre Augen waren noch schwärzer geworden und glänzten.

«Juanita ist am Fieber gestorben.«

Juanita war ihre jüngere Schwester. Uta faßte Maricarmens Kopf an, der glühte und brannte. Also hatte auch sie das Fieber. Ohne Anstrengung hob Uta das schmächtige Kind hoch und trug es in die Hütte.

Dort war niemand, nur ein kleines, schwarzes Schwein, das einem Hund sehr ähnlich sah, flitzte in der Hütte herum und stöberte nach Essensresten. Uta legte Maricarmen in eine der vier Hängematten und schaute sich nach einer Decke um. Es gab keine.

»Bleib liegen, ich komme gleich wieder.«

Uta ging nach Hause, packte Decken und Wollwickel, Suppe und Orangensaft in eine Tasche und kehrte zu Maricarmen zurück. Susana, ihre Mutter, war inzwischen von der Feldarbeit zurückgekommen. Sie saß neben der Hängematte, schaukelte ihre Tochter und summte vor sich hin.

»Hallo Susana! Erlaubst du, daß ich mich um Maricarmen kümmere? Gegen das Fieber will ich ihr naßkalte Wickel machen und ihr Bouillon einflößen. Sie muß viel trinken.«

Die beiden Frauen streiften das leichte Kleidchen, das Maricarmen trug, von ihrem Körper und Uta hüllte sie in ein Leintuch, das sie vorher im Fluß geschwenkt hatte. Alles ließ Maricarmen widerstandslos mit sich geschehen. Das naßkalte Leintuch auf ihrem heißen Körper mußte für sie ein Schock sein, aber sie zeigte keine Regung, still und kraftlos lag sie in der Hängematte. Ihre schwarzen Augen glänzten und zitterten. Uta gab ihr zu trinken, doch die klare Suppe rann wieder aus ihrem Mund. Sie war zu schwach zum Schlucken.

»Sie stirbt. Laß sie sterben!« sagte Susana.

»Warum gibst du deine Tochter so schnell auf? Vielleicht überlebt sie das Gelbfieber, wir müssen nur alles versuchen«, insistierte Uta.

»Wenn sie leben soll, wird sie auch so leben, in diesem oder in einem anderen Körper. Ich werde zum Zauberer gehen und ihn fragen.«

Susana stand auf und ging fort. Uta war allein in der dunklen, fensterlosen Hütte. Nur durch die Türöffnung, vor der ein Stück schäbigen Stoffes hing, fiel gedämpftes Licht herein. Uta erschrak vor dem Grunzen des Schweines, das in einer Ecke schabte und sie verscheuchte es nach draußen.

Sehr nachdenklich saß sie auf dem einzigen Stuhl. Eine Hand hatte sie auf die heiße Stirn des Kindes gelegt, mit der anderen wiegte sie ganz zart die Hängematte.

»Ich möchte so gerne, daß du lebst, kleines Nachtauge!«

Irgendwann hörte Uta Stimmen. Sie stand auf und schlug den Türvorhang beiseite. Susana kam mit einem halben Dutzend Menschen zurück, in ihrer Mitte ging ein sehr kleiner und zart gebauter, alter Mann.

»Das ist der Zauberer«, dachte Uta.

Er strahlte eine natürliche Autorität aus. Ohne mit irgend jemandem zu sprechen, trat der Zauberer zu Maricarmen und blieb, ganz in sich versunken, lange, sehr lange bei ihr stehen. Dann sagte er etwas zu Susana in seiner Quechua-Sprache. Uta verstand ihn nicht und Susana übersetzte:

»Er macht jetzt eine Wandlung, einen Austausch. Er opfert das Schwein für das Leben von Maricarmen.«

Susana brachte dem Zauberer ihr kleines, quiekendes Schwein. Es war der größte Besitz der Familie, ihre Überlebensbasis, und doch wurde es geopfert.

Uta kam das sehr bekannt vor. Gab es das nicht auch in anderen Religionen? Opferten die Azteken nicht Knaben und Jungfrauen? Und Abraham sollte seinen Sohn opfern, und Jesus opferte sich selbst.

»Es ist alles so ähnlich und so einfach«, dachte Uta. Der Schamane durchtrennte mit einem kurzen Machetenhieb die Halsschlagader des Schweins, und Susana fing das Blut in einer Schüssel auf. Als der Schweinekörper ausgeblutet war, schnitt der Zauberer ihm den linken Hinterlauf ab und band ihn an Maricarmens rechten Fuß. Danach füllte er vier kleine Gefäße mit Singani-Schnaps und legte jeweils ein Cocablatt hinein.

»Wie bei der Wandlung in der katholischen Messe«, erinnerte sich Uta.

Die Hostie, das Cocablatt, ist die Materie und der Wein bzw. Schnaps ist der Geist! Voll Neugier beobachtete Uta, wie der Zauberer oder Priester die vier mit Schnaps und Coca gefüllten Schüsselchen in den vier Himmelsrichtungen aufstellte, seine Finger eintauchte und den Schnaps in die vier Himmelsrichtungen verspritzte.

Susana und die anwesenden Indianer hatten sich Grasbüschel geholt, die sie anzündeten und den Rauch ebenfalls in die vier Richtungen davonziehen ließen.

»Weihrauch!«, kam es Uta in den Sinn.

In uns Menschen ist etwas merkwürdig Gemeinsames vorhanden. Uta fühlte sich den Indianern sehr nahe.

Danach mußten alle die Hütte verlassen. Der Schamane wollte sich allein in meditative Trance versetzen, und Uta ging zum Fluß. Am Ufer setzte sie sich in die Hocke auf ihre Fersen, so wie es die Indianer tun, und ließ ihre rechte Hand ins Wasser baumeln. Sie dachte nach.

Es geht nicht um dieses, nur um dieses eine Leben von Maricarmen, es geht darum, ›die Gesetze‹ zu erfüllen. Harmonisch und ohne Widerstand das zu leben, was das Schicksal vorschreibt. Das ist es, así es, wie die Indianer immer sagen.

Así es!

9

Eine Woche lang kämpfte der zarte Körper von Maricarmen gegen das hohe Fieber. Uta machte weiter mit den nassen Wickeln, flößte dem kranken Kind Bouillon und aufgelöstes Aspirin ein und betete. Jeder, Mutter, Vater, die Nachbarn, der Zauberer, jeder betete auf seine Weise für das Leben des Mädchens. Nach einer Woche begann das Fieber zu sinken. Da wußte Uta, daß Maricarmen es schaffen würde.

Mittlerweile wurde die Gelbfieber-Epidemie auch von staatlicher Seite bekämpft. Aus Lima waren drei Männer in weißen Kitteln in einem hellblauen Jeep der Weltgesundheitsbehörde angekommen und ließen bei den ersten Hütten am Ortseingang von San Ramón quer über die Landstraße eine rot-weiße Schranke anbringen. Da es die einzige Straße war, konnten sie sicher sein, daß niemand ins oder aus dem Seuchengebiet reiste. Neben die Schranke stellten die Männer einen Holztisch mit drei Stühlen.

Dort saßen sie den ganzen Tag in ihren weißen, bald staubgrauen Kitteln. Auf dem Tisch stand ein Marmeladenglas mit einer Flüssigkeit – Wasser oder Alkohol. Eine einzige Spritze steckte im Glas; Ampullen und vorgedruckte Blätter stapelten sich auf dem Tisch. Einer der Männer hatte die Aufgabe, die Menschen aus Bussen und Fahrzeugen zu holen, und jeder, der keinen Nachweis einer Gelbfieber-Impfung erbringen konnte, wurde zwangsweise vom zweiten Mann geimpft. Daraufhin schrieb der dritte Mann den Namen des Geimpften auf einen vorgedruckten Zettel, der die Impfung bestätigte. Diesen Impfschein mußte jeder Reisende bei sich führen.

Schon bei der Rückfahrt hatten die Menschen ihre Impfbestätigungen nicht mehr: verloren, anderweitig verwendet oder gar verkauft. Sie wurden erneut geimpft. Auf diese Weise ging das Impfserum in einer Woche zu Ende. Die drei Männer im grauen, ehemals weißen Kittel packten ihre Sachen und verließen im hellblauen Jeep der Weltgesundheitsbehörde das Seuchengebiet. Den Tisch und die Schranke ließen sie an Ort und Stelle zurück. Einen Tag später sah man dort Indiofrauen Ananas, Bananen und Mangos den Vorbeifahrenden zum Kauf feilbieten.

Das Fieber flackerte weiter im Tal.

Raúl kehrte nach vier Wochen aus dem Hochland zurück. Ein Schatten seiner selbst, gezeichnet vom Fieber. Trotz seiner breiten Statur wirkte er dünn, fragil und ausgezehrt. Sein Mund mit den nach oben verlaufenden Mundwinkeln lächelte traurig. Ein Clownsmund, fand Uta. Sie lächelte ebenso traurig zurück.

»Hola, qué tal Uta.«

»Raúl! Ich habe mir Sorgen um dich gemacht.«

»Warum? Ich schlief immerzu und in den Fieberträumen kamen die Götter zu mir. Sonst erinnere ich mich an nichts.«

»Götter? Ich lebe bei euch und weiß so vieles nicht.«

»Du weißt sehr viel, Uta, und deine Seele weiß alles. Ich hab dich gern, Uta.«

«Adios, ich muß jetzt gehen.«

In Oxapampa, einem Ort in den Bergen der Selva, achtzig Kilometer von San Ramón entfernt, fand Uta deutsche Freunde. Zwei Familien, die Mayers und die Bauers, lebten seit drei Generationen in diesem unzugänglichen Gebiet, das vor über hundert Jahren von Tirolern und Deutschen besiedelt worden war.

Titus hatte Uta mit Margareta Bauer, die klein, zäh und in Utas Alter war, und mit der älteren Lola Mayer bekannt gemacht. Beide lernte er kennen, als er mit ihren Männern, die große Flächen ungenutzten Landes besaßen, wegen eines geeigneten Pflanzgartengeländes in Oxapampa verhandelt hatte.

Die Bauers betrieben einen Vieh- und Milchwirtschaftsbetrieb, und die Mayers handelten mit Rindfleisch; flogen es mit kleinen, eigenen Propellermaschinen über die Kordillere in die Hauptstadt. Herr Mayer besaß außerdem ein Kühlhaus und ein eigenes E-Werk und versorgte das Dorf mit Strom. Da selten die Eintreibung des Geldes für den gelieferten Strom klappte, wurde der Tribut von den Einheimischen oft mit Arbeit vergolten. Putzen der Turbinen, Freihalten des Wasserlaufs.

»Solange ich lebe, hat die Gemeinde Mayer-Strom!« sagte er.

Manche Menschen im Ort sahen in ihm einen Schutzpatron, und manche haßten ihn oder neideten ihm alles, weil seine Familie so tüchtig war.

Oxapampa war anders, fand Uta, als sie den Ort zum ersten Mal besuchte. Es war ein bäuerliches, kein tropisches Dorf; fast nordisch wirkte es mit seinen Holzhäusern und überdachten Veranden, den Bauerngärten hinter Staketenzäunen und den vielen Menschen mit alpenländischen Gesichtern. Hier lebten die deutschsprachigen Pioniere. Sie waren voll Mut und Einfallsreichtum, schonten sich nie und starben früh.

In Lolas schönem, weiß lackierten Holzhaus hörte Uta Schallplatten, ganze Opern hörte sie sich mit den Mayers an. Titus ging meistens nach der Ouvertüre ins Bett und versuchte Uta mitzuziehen.

»Schlaf lieber, morgen wird es anstrengend, wir fahren ins campo!«

Aber Uta hungerte nach Musik und blieb lange wach. Mit Lola sprach sie über das einfache Leben in den Tropen, das sie nicht gewöhnt war: kein Konzert, kein Film und Fernsehen, nicht einmal ein nettes Café oder ein Friseur! Nur Bücher, genügend Bücher hatte Uta in die Einsamkeit mitgebracht.

»Lola, wie hast du hier dreißig Jahre überleben können? Es ist so anstrengend, ohne Zerstreuung und kulturelle Angebote zu leben. Alles muß aus mir kommen!«

Lola war gebildet und blieb es auch all die Jahrzehnte in der Wildnis. Es bedarf einer großen Disziplin und Kreativität, um in den Kulturlöchern dieser Erde nicht zu versinken, apathisch zu werden und zum Glas zu greifen.

Vielen dieser geistigen und seelischen Wracks war Uta in den Tropen schon begegnet. Sie sah sie in den Hängematten auf ihren Veranden schaukeln, ein gefülltes Glas Whisky in der Hand. Sie starrten leer und träge vor sich hin und wollten nicht denken. Das Leben in den ›Traurigen Tropen‹ ist voll Mühsal und Überlebenskampf und zusätzliche Kraft, um an geistige Nahrung zu kommen, besitzen wenige.

Es gab aber auch die Hungrigen, die an das Ufer des Amazonas eine Oper bauen ließen, die auf einer von Feuchtigkeit verzerrten Heimorgel Bach spielten, die in einer Hütte im Urwald am Neujahrstag aus einem Transistorradio dem ›Radetzkymarsch‹ mit Karajan lauschten. Und auf Wanderungen in entlegenen, unzugänglichen Gegenden stießen Titus und Uta manchmal auf halb zerfallene Kirchen, deren Inneres reich und ungewöhnlich bemalt war.

Margareta Bauer hatte keine Zeit zu sitzen und Musik zu hören. Sie arbeitete zwölf Stunden am Tag wie ein Mann, rannte über ihren Hof, klapperte mit ihren Holzpantinen im Käsekeller, huschte zu den Kindern ins Zimmer, schleppte Eimer und Wäschezuber, half ihrem Mann beim Holzhacken, besserte Weidezäune aus; molk die Kühe mit den Händen, brachte die schweren Zinkeimer ins Haus, machte Käse, kochte, buk und putzte.

Uta beobachtete sie voll Bewunderung und Mitgefühl. Ein Gedanke schoß durch ihren Kopf: Margareta wird nichts von ihrer Arbeit ernten, keinen Dank, keine Freude, kein langes Leben. Und trotzdem – hinter der schweren Arbeit, die Margareta scheinbar stumpf machte, spürte Uta eine beißende, brennende Sehnsucht nach Leben, nach Frausein und Bewunderung. Klein, zäh, immer mit Jeans und einem fleckigen Hemd bekleidet, so erlebte Uta ihre Freundin und oft war Uta traurig und den Tränen nahe, wenn sie Margareta sah und verstand nicht warum.

Instinktiv mochten sich die beiden jungen Frauen, aber sie zeigten es äußerlich nicht. Schon nach der Begrüßung, wenn sie lachend ihre Wangen aneinanderlegten, strebten sie sofort wieder auseinander, um die Wahrheit nicht aufblitzen zu lassen, um nicht zu weinen. Dann nahm Uta ihr ein Kind ab, setzte es sich auf den Schoß, schnipselte Mangos für eine Marmelade oder stopfte Strümpfe. Immer gab es etwas zu tun in diesem Haus.

Bei Lola, deren Kinder schon aus dem Haus waren und in Deutschland studierten, wurde Uta fest umarmt und an den Schultern zur Couch geführt, in der sie tief versank. Und Lola brachte sofort ihren selbst gerösteten Kaffee, ein berauschend duftendes, schweres, fast öliges Getränk. Sie saßen und Lola erzählte von früher: von der Mayer-Familie und ihrem Mann, dem Jüngsten von neun Geschwistern, der zehn Jahre alt gewesen war, als der Vater mit seiner vielköpfigen Familie von Bremen nach Peru ausgewandert war; wie der Jüngste in die Obhut der Salesianer in Lima gegeben wurde, lernte, betete und Heimweh hatte, während seine Geschwister in Oxapampa hart arbeiten mußten im elterlichen Landwirtschaftsbetrieb.

Ihr Mann war von seiner Familie ausersehen worden, Priester und Missionar zu werden, und sie waren überglücklich, als er in den Orden der Salesianer eintrat. Mit fünfunddreißig fuhr er mit dem Schiff nach Europa und machte Ferien in Bremen. Da lernten sie sich kennen. Lola unterrichtete an der Ostland-Schule, in die er als Kind gegangen war, und sentimental wie er war, schlenderte er durch seine alte Schule, durch den Hof, durch die Gänge, und da trafen sie sich.

»Und dann?«

»Dann hat es lange gedauert, bis er sich von seinem Orden lösen konnte und wir geheiratet haben.«

»Wie hast du ihn verführt?«

»Er zweifelte schon lange an seiner Berufung, er sehnte sich danach, mit den Händen zu arbeiten, für Menschen Sorge zu tragen.«

»Und so bist du von Bremen nach Oxapampa gekommen und warst nie unglücklich?«

»Weißt du, Uta, mit einem guten Mann kannst du überall hingehen!«

Markus Bauer verpachtete einen Teil seines Weidelandes an das Forstprojekt. Titus fand es geeignet für einen Pflanzgarten und begann sofort vor der Regenzeit mit dem Schieben einer Zufahrtsstraße und den Erdarbeiten für die Pflanzbeete. Mit den drei Arbeitern des Projektes war die Anlage nicht zu schaffen, aber wie sollte Titus in Oxapampa an weitere Arbeitskräfte kommen? Jeder Mann hatte seine eigene ›chacra‹.

Raúl griff ein. Er ging von Haus zu Haus, und Titus glaubte seinen Augen nicht, als am nächsten Morgen über dreißig Indianer mit Machete und Schaufel vor ihm standen. Wie hat dieser Indio das nur bewerkstelligt, fragte er sich.

»Mita«, sagte Raúl.

»Was ist das?«

»Das ist gemeinsame Arbeit, gemeinsamer Nutzen. In den Zeiten der Inkas haben wir so das Land bestellt.«

»Was zahlen wir ihnen für die Arbeit?«

»Sie nehmen sich Setzlinge zur Aufforstung ihres Grundes.«

»Wie überprüfst du, daß sie nicht zu viele Setzlinge nehmen und damit Handel treiben?«

»Nur die Kapitalisten bedienen sich weit über ihren eigenen Bedarf hinaus.«

Schon zwei Monate später konnte der Pflanzgarten von Oxapampa eingeweiht werden. Der Bürgermeister, der Pfarrer, Raúl bestanden auf einer Segnung und Einweihungsfeier, und Raúl schlug Uta als Patin vor. Erst verweigerte sie sich, wurde aber dann doch die ›Madrina‹, die Patenmutter, von 1400 Keimlingen.

»Pachamama, Mutter Erde«, nannte Raúl sie seitdem spaßeshalber.

10

Vor der zweiten Regenzeit, die Uta im Tal ohne Ausgang erleben sollte, beschloß sie, sich besser auf die Notlage vorzubereiten. Sie legte einen Vorrat von Gasflaschen und Kerosin für den Herd, die Lampen und den Eisschrank an. Sie überlegte, wie sie sich noch unabhängiger machen könnte und verfiel auf die Idee, einen Teil des großen Haziendagartens für Tierhaltung abzuzäunen.

Clemente machte das. Er baute auch einen Bretterverschlag aus den noch vom Sägewerk zurückgebliebenen grauen Holzbrettern. Den Stall teilte er mit einer Wand:

»Señora, so können Sie Hühner und Schafe halten!« Der Stall und der Auslauf waren fertig, nur die Tiere fehlten. Clemente verstand nicht, warum die Señora solange mit dem Kauf wartete. Wie konnte er wissen, daß Uta ein Stadtmensch war und noch nie Tiere aufgezogen oder geschlachtet hatte.

Zuerst mußte Uta sich Wissen aneignen über Hühner, Hühnerrassen, ihre Parasiten, Futter und Aufzucht. Dann tastete sie sich langsam an Schafe und Schweine heran. Mit Raúl sprach sie über ihre zukünftigen Tiere und von Markus Bauer holte sie sich Rat. Er zeigte ihr, wie und was und wann man spritzte. Uta hätte noch viel Zeit mit der Theorie vertan, wäre Clemente nicht auf die Idee verfallen, einer

Verwandten aus seinem Heimatdorf in der Sierra Bescheid zu sagen.

Eines Tages stand eine India, barfuß und mit fünf Röcken übereinander, der äußerste weinrot, im Garten der Hazienda. An einem Strick führte sie zwei Lämmer und ein Ferkel bei sich.

Uta mußte sich entscheiden. Sie fragte nach dem Preis, prüfte die Qualität, schaute in Nasenlöcher und After, um den Parasitenbefall festzustellen und sie wiegte bedenklich ihren Kopf. In Wahrheit hatte sie sich auf der Stelle in das quicklebendige und lustige schwarze Ferkel, das sie Casimiro nannte, und in die beiden steifbeinigen Lämmer verliebt.

Sie zahlte ohne zu handeln den Preis, den ihr die kleine Indiofrau nannte und übersah bewußt das aufgeregte Kopfschütteln und die auf und ab winkende Hand von Clemente. Sie wollte um den Preis nicht feilschen.

»Kommt, Tine und Line«, sagte sie, »ich führe euch in euren Stall«, und sie nahm der India die Leine aus der Hand, und die zwei Schafe trappelten tatsächlich folgsam mit ihr mit. Uta war sehr stolz, sie fühlte sich reich.

Neben ihr tauchte Clemente auf und hielt ihr einen Geldschein hin:

»Da! Die comadre hat vergessen, dir rauszugeben.«

»Nein, Clemente, gib ihr das Geld wieder zurück. Ich kaufe auch die Stricke.«

Uta wußte von Raúl, daß sie kein Almosen geben durfte, sondern die Gegenseitigkeit beachten mußte, welche die Grundlage der indianischen Gesellschaft ist. Der Ausgleich von Geben und Nehmen ist oberstes Gesetz. Erhaltene Gaben müssen nicht in gleicher Form, aber doch im gleichen Wert zurückgegeben werden, und es erstaunte Uta sehr, daß sogar bei

Geburtstagsgeschenken der Beschenkte auf der Stelle etwas zurückschenkte.

Dann ging es Schlag auf Schlag. Hatte sich Uta erst nicht entscheiden können, ob sie weiße, braune oder nackte Hühner wählen und wieviel Geflügel sie haben wollte, so kaufte sie jetzt in kürzester Zeit von den Frauen aus ihrer Nachbarschaft weiße *und* nackte *und* braune Hühner, einen Truthahn, ein Enten- und ein Kaninchenpaar.

Es hatte sich in Windeseile herumgesprochen, daß die Gringuita Tiere kaufte, und so pilgerten die Indiofrauen zur Hazienda mit einem Huhn unter dem Arm oder einem zappelnden Tier im Jutesack. Uta kaufte alles, was ihr angeboten wurde. Nur die drei Meerschweinchen schlug sie aus, auch wenn die Einheimischen sie davon überzeugen wollten, daß Meerschweinchen in Erdnußsoße eine Delikatesse sei.

Die Tiere belebten das abgetrennte Areal der Hazienda. Oft saß Uta ganz ins Schauen versunken bei ihnen auf der Wiese innerhalb des Zauns. Sie sah, wie die Hühner kopflos auseinanderstoben, wenn Tine und Line übermütig herumtrabten oder gar Bocksprünge machten. Der Truthahn dagegen verharrte in seiner majestätischen, überlegenen Ruhe, und die Enten watschelten, immer zu kurz gekommen, hinterher, immer waren sie zu spät dran, am Futtertrog, am Wurm, als Schaulustige. Schnatternd machten sie ihrer Empörung Luft.

Das Schwein Casimiro hatte Uta von den übrigen Tieren entfernen müssen. Es war zu ungestüm gewesen und hatte Unruhe und Angst auf der Weide verbreitet. Es wurde in einem eigenen Verschlag außerhalb der Mauern im Avocadohain untergebracht.

Mit ihren Tieren, mit der Sorge um die Tiere breitete sich in Uta ein Frieden aus, den sie vorher nicht gekannt hatte, als ob sie in einen vollkommenen Kreis – den Kreislauf der Natur – aufgenommen worden wäre, den sie immer schon unbewußt gesucht hatte.

Manchmal, bei den Indianern, bei Clemente und Teresa, hatte sie diese natürliche Ordnung, nach der sie sich sehnte, gesehen und war traurig geworden.

Es hatte Uta weh getan, zu sehen, wie das Quechua-Paar Clemente und Teresa einander gegenseitig beachteten. Was sie auch taten, wo sie sich auch aufhielten, immer wußten sie voneinander, als ob sie sich in Gedanken still begleiteten.

So war Clemente sofort zur Stelle, wenn Teresa den schweren Wäschetopf vom Herd zum Waschplatz tragen wollte, immer tauchte er plötzlich auf, ungerufen. Nie hat Uta Teresa eine schwere Arbeit verrichten, eine zu große Last tragen sehen. Auf der anderen Seite nahm Teresa ihrem Mann alle Arbeit und jedes Tun ab, das mit Geschicklichkeit, sei es der Hände, des Körpers oder des Denkens verbunden war. Wie Zahnräder fügten sich Mann und Frau ineinander.

Es gab Erlebnisse, die Uta beschämten. So sah sie eines Tages Pablito, den zehnjährigen Sohn von Teresa und Clemente auf der Wiese vor ihrem Haus stehen, stumm und reglos mit einem Teller in seinen Händen. Den ganzen Tag wäre Pablito so gestanden, ohne näher zu kommen, ohne auf sich aufmerksam zu machen, ergeben darauf wartend, daß die weiße Frau ihn ansprach.

Uta beobachtete ihn eine Weile von ihrem Arbeitszimmer aus. Sie konnte sein Verhalten nicht begreifen. Dann trat sie aus dem Haus und ging auf ihn zu.

»Da!« sagte Pablito und streckte ihr den Teller mit vier Humitas entgegen und rannte dann davon.

Uta bedankte sich bei Teresa.

»Wieso schenkst du uns Essen? Ihr seid eine große Familie, und wir haben genug.«

»Das ist so Brauch.«

»Bei uns gibt der Reiche dem Armen.«

»Bei uns darf es keine Reichen geben.«

»Wieso nicht?« »Wenn du etwas im Überfluß hast, mußt du davon abgeben.«

»Aber warum denn? Wenn ich allein mit meinen eigenen Händen, meiner Anstrengung mein Geld erarbeitet habe, oder wenn ich schlauer bin oder Glück im Lotto gehabt habe, warum sollte das Geld nicht mir allein gehören?«

»Nichts auf der Welt gehört und nutzt dir allein. Von deiner Klugheit, deiner Kraft, deinem Glück mußt du abgeben. Das ist doch das Natürlichste! Ich verstehe nicht, warum du danach fragst, Señora.«

»Ich glaube, es ist allen Menschen eigen, den eigenen Reichtum für sich zu behalten.«

»Das wäre sehr dumm. Alles hat doch natürliche Grenzen und ein Ende; das Wasser, das Feuermaterial, die Erde, deine Klugheit. Und wenn ich etwas teile, vielmals teile, bewahre ich es ein wenig länger vor dem Ende. Die Freude von vielen Menschen ist auch größer als die Freude eines einzigen.«

»Du hast Recht, Teresa!«

In Zukunft gab Uta viel von ihrem Überfluß ab. Sie teilte Lebensmittel, Fleisch, Tiere, Kleidung.

»Wir haben genug!« antwortete sie, wenn Titus ihr Vorhaltungen machte.

»Aber nicht so viel, daß du hier alle ernährst!« schimpfte er. »Die Indianer haben dir den Kopf verdreht. Vergiß nicht, wir sind Europäer und zahlen genügend Steuern.«

»Und besitzen trotzdem fünftausendmal so viel!«

Die Indianerkinder aus der Nachbarschaft kamen, so wie es Brauch war, immer mit Geschenken zur Gringuita. Sie brachten ihr exotische Schmetterlinge, bunte Federn von Vögeln, einmal eine Kralle von einem Ameisenbär, die geheimnisvolle Zauberkräfte in sich bergen sollte, und sie schenkten herrliche Orchideen. Fast täglich brachten sie Uta Orchideenpolster, die sie von den höchsten Bäumen heruntergeholt hatten. Prächtige und zarte Blütenkaskaden.

So kam Titus zu seinem Hobby. Als er starb, fand man im Haus, in verschiedenen Schuhkartons verschlossen, hunderte von dünnen Seidenpapiertütchen mit toten Schmetterlingen. Sie wurden weggeworfen. Die Orchideen dagegen, die Titus auf alle Bäume des Gartens gesetzt hatte, blühen heute noch dort, prächtig und zart.

Manchmal beobachtete Uta von ihrem Schreibplatz aus, von dem sie den ganzen Garten überblickte, wie sich das schwere Holzportal in der Mauer langsam öffnete, ein kupferrotes Kindergesicht ernst hereinlugte, mit den Augen Clemente, der immer irgendwo auf dem Gelände arbeitete, suchte, und ihn endlich fand. Das Kind warf noch einen vorsichtigen Blick auf das Haus, ob die Señora nicht plötzlich auftauchte, und rannte dann mit schnellen Sätzen zu Clemente. In seinen Händen baumelte eine Schlange.

Uta war neugierig. Sie stand auf und ging hinaus. Als sie im Garten erschien, rannte der Indianerjunge davon, und Clemente versteckte die tote Schlange hinter seinem Rücken.

»Warum versteckst du die Schlange vor mir? Und warum bringen dir die Leute heimlich Schlangen?«

Uta sah Clemente fragend an. Er schwieg und schaute zu Boden, aber die Señora blieb vor ihm stehen. Unruhig trat Clemente mit seinen nackten Füßen auf der Stelle und überlegte; er dachte an die Schlange, die frisch verarbeitet werden mußte, und die blauen Augen der weißen Frau durften die Schlange nicht streifen, kein Blick durfte sie treffen, sonst wäre der Kontakt zu den Göttern durchbrochen, und Clemente entschloß sich zu sprechen:

»Ich enthäute die Schlangen und entnehme ihr Fett, das unter der Haut ist; damit reibe ich schmerzende und gebrochene Knochen ein, das heilt.«

Von dem heilenden, kostbaren Schlangenfett hatte Uta schon gehört, aber sie spürte, da war noch etwas anderes, ein Geheimnis, das Clemente vor ihr verbarg. Warum durfte sie die Schlange nicht sehen? Uta beließ es dabei, sie drang nicht weiter in Clemente, sie drehte sich um und ging ins Haus zurück.

Ein paar Tage später enträtselte sich ihr durch einen Zufall das Geheimnis der Schlangen. Sie war zu Fuß auf dem Weg ins Dorf. Kurz vor der Kurve, hinter der die Furt durch den von Tirol herunterbrechenden Bach lag, schlug sie sich ins hohe Schilfgras und wollte den Bachlauf unterhalb der Straße auf einem Baumstamm, der über die Schlucht gelegt war, trockenen Fußes überqueren. Man konnte sie in dem dichten Gebüsch nicht sehen, und auch Uta konnte den Weg nicht einsehen, aber sie erkannte die Stimmen von Pasquale und José, die sich unterhielten.

Als das Wort Schlange fiel, blieb sie stehen und

lauschte. Die beiden sprachen von der ›misa‹, der Zeremonie, die mit einer doppelköpfigen Schlange in der Hütte von Clemente stattfinden sollte. Sie redeten von Schlangen, also mußte Clemente mehrere doppelköpfige Schlangen präpariert haben. Da wurde Uta mit einem Schlag klar, daß Clemente diese Fabelwesen gefertigt haben mußte.

Sie fragte sich, welche mythische Bedeutung Schlangen, denen an jedem Ende ihres Körpers ein Kopf wuchs, besaßen? Tiere bei denen es kein Oben und Unten, keinen Anfang und kein Ende gab? Uta verstand nicht alles, was sie hörte und im Dorf, auf dem Markt, fragte sie nach. Keiner, den sie ansprach, wollte ihr etwas über die doppelköpfige Schlange erzählen. Die Indianer versperrten ihre Gesichter und Uta stand wie vor einer Wand. Auf der Plaza machte sie einen letzten Versuch. Sie hockte sich neben einen alten Campa-Indianer und fragte:

»Tayta, wer ist amaru, die Schlange mit den beiden Köpfen?«

»Sí, sí, amaru, von der Göttin geschickt. Sie bringt das Gute und sie bringt das Böse, und wir kennen ihre Waage nicht.«

Dann speichelte er weiter an seinem Cocablätterknödel, den er in der Wange stecken hatte und sprach kein einziges Wort mehr.

Uta machte sich auf den Heimweg. Titus wollte sie nichts von diesem indianischen Aberglauben, wie er sich ausdrücken würde, erzählen. Wenn sie nur auch so unbeeinflußt und eindeutig sein könnte, wie Titus!

Sie dagegen dachte an die doppelköpfige Schlange. Was würde sie ihnen bringen: ein gutes Ende, ein böses Ende? Uta glaubte an das Gute!

11

Todos Santos – Allerheiligen kam, ein von den Indianern heftig geliebtes und gefeiertes Fest. An diesem Tag lebten die indianischen Menschen mit und für die verstorbenen Seelen, da gab es keine Grenzen der Existenz.

Im Jahr zuvor hatten Titus und Uta den Totenfesttag gar nicht bemerkt, sie waren hinter den Mauern der Hazienda geblieben, hatten gebadet und gefaulenzt. Dieses Jahr aber lud Raúl sie in sein Heimatdorf zum Fest auf dem Friedhof von Palca ein. Titus schlug eine zweitägige Wanderung nach Palca vor, das über zweitausend Meter höher als San Ramón, in der Zone eines gemäßigten Klimas lag, in dem das ganze Jahr über frühlingshafte Temperaturen herrschten und das mit seinen umliegenden Bergen, den Apfel- und Pfirsichbäumen, mit seinen Kuh- und Schafweiden einen fast alpenländischen Anblick bot.

Zweitausend Höhenmeter innerhalb von zwei Tagen zurückzulegen war viel, sehr viel für Uta. Titus hatte mit Hilfe von Karten des Militär-Geographischen Institutes den kürzesten Pfad herausgefunden, und Raúl erklärte, dies sei der alte Weg der Chasqui-Läufer, der Boten des Inkareiches, gewesen. Ein wenig hochmütig hatte er hinzugefügt, die Läufer hätten die Strecke in einer kürzeren Zeit bewältigt.

Die Regenzeit hatte in diesem Jahr spät und zögernd eingesetzt. Sie würden einen noch trockenen und leicht begehbaren Pfad vorfinden, und nur mit einem Zelt und wenig Gepäck brachen sie auf.

Die ersten Stunden kamen sie schnell voran. Titus ging mit seiner Machete voraus, Uta knapp hinter ihm. Beide bewegten sich in einem gemeinsamen Gehrhythmus. Der Pfad vor ihnen war mulibreit ausgetreten und gut freigeschlagen, so daß Titus die Machete nicht benützte; und immer wieder kamen ihnen Gruppen von kleinwüchsigen Hochlandindianern entgegen, die Holzkisten auf ihre Rücken geschnürt trugen. Nur wenige führten ein bepacktes Muli zu Tal. Alle waren sie fröhlich, sie brachten ihre Waren auf den Markt von San Ramón und danach würden sie mit ihren Toten feiern, trinken und essen.

Eine halbe Tagesreise lang trafen Titus und Uta auf beackerte Waldstücke und kleine Farmen. Hauptsächlich Hochlandindianer versuchten die Selva mittels Brandrodung urbar zu machen. Sie besaßen kein anderes Werkzeug als das Feuer, um dem Urwald ein Fleckchen für Mais und Yuca abzutrotzen. Titus, als Europäer, seit hunderten von Jahren der Bedrängnis durch den Urwald entwachsen, schimpfte auf die Indianer, die den Wald, das Holz nicht schützten.

Eine Welle der Empörung schwappte in Uta hoch, sie wollte gerade den Mund öffnen und die unschuldigen Indianer verteidigen, da murmelte sie zu ihrer eigenen Überraschung nur:

»Así es«, und zuckte die Schultern.

Schritt für Schritt und Stunde um Stunde stieg sie hinter ihrem Mann her. Auf den Weg brauchte sie nicht zu achten und so konnte sie ihre Augen wandern lassen. An manchen Stellen war der Weg noch mit sauber behauenen Steinen gepflastert. Die ›Inka-Autobahnen‹ hatten das Alte Reich, sagte man, auf einer Länge von 20.000 Kilometern durchzogen. Auf ihnen transportierten die Lamaherden die Waren ins ganze Land und die Nachrichtenübertragung funktionierte durch die Chasqui-Läufer. Alles war damals klug durchdacht und geregelt.

Nach ungefähr sieben Stunden Aufstieg waren Titus und Uta allein. Niemand kam ihnen mehr entgegen und keine bebauten Waldstücke taten sich auf. Sie waren allein mit sich. Das endlose Gehen im Gleichtakt führte sie in eine Trance. Es war beinahe ein Gehen ohne Zeit und Raum. Wie eine einzige Person setzten sie die Füße, schauten hinauf in den Himmel, erblickten gleichzeitig den bunten Papageienschwarm, das Faultier und die blühenden Orchideen. Zur gleichen Zeit wurden sie hungrig und durstig. Der Höhenmesser von Titus zeigte, daß sie über tausend Höhenmeter zurückgelegt hatten; sie suchten einen Platz für die Nacht.

Titus wählte ihn abseits des Weges und schlug mit der Machete eine ebene Fläche für das Zelt frei. Während er das Zelt aufbaute, ging Uta ein Stück des Pfades zurück zum Bach, den sie kurz vorher überquert hatten. Sie füllte den Wassersack, der Inhalt würde für Tee und Suppe reichen.

Als es dunkel wurde, legten sie sich ins Zelt. Fast zwölf Stunden Zeit blieb ihnen zur Erholung. Titus schlief sofort ein, und Uta lauschte auf ein näherkommendes Rascheln. Beunruhigt dachte sie an einen Puma; aber nein, Pumas bewegen sich lautloser! Wahrscheinlich streifte eine Rotte neugieriger Pakas durch den Wald, und mit diesem Gedanken schlief auch sie ein.

Abrupt wurde sie wach und wußte, daß sie ein bedrohliches Geräusch gehört hatte. Vorsichtig setzte sie sich auf und lauschte. Nichts besonderes hörte sie, da war das Rauschen in ihren Ohren und im Kopf, draußen waren die lauten Geräusche des Waldes, an die sie sich gewöhnt hatte. Ein dumpfes, regelmäßiges Klopfen vermischte sich mit dem Geschrill der tropischen Nacht.

»Vielleicht ein Specht, oder mehrere«, dachte Uta. Dann fuhr sie zusammen, sie hörte Stimmen und da wußte sie, das Klopfen rührte von Stiefeln her.

Es herrschte absolute Dunkelheit im Wald, ihr Zelt war vom Weg nicht einzusehen und Titus schnarchte nicht; also beruhigte sich Uta wieder und das Stiefelstampfen entfernte sich. Sie glaubte, drei Männerstimmen unterschieden zu haben, wahrscheinlich Indios, die zu Allerheiligen auf den Friedhof von San Ramón eilten, obwohl das unwahrscheinlich war, denn Indianer wandern nicht in Stiefeln und nicht nach Einbruch der Dunkelheit. Da sind die Dämonen unterwegs.

Uta schlief nicht mehr ein. Bald ging die Nacht zu Ende, und wie immer in der Regenzeit setzte pünktlich um fünf Uhr morgens der sintflutartige Regen ein, der auf alles, was ihm im Wege stand, heftig eintrommelte. Da wachte auch Titus auf.

Pachacuti – die Katastrophe – war an ihnen vorübergegangen. Titus und Uta wußten nicht, daß sie in Gefahr gewesen waren. Am Nachmittag desselben Tages kamen sie in Palca an und merkten sofort die Erregung, die in der Luft lag. Sie suchten das Haus von Raúl und dort erfuhren sie das Schreckliche.

Unterhalb von Palca, auf der Straße nach San Ramón hatten Unbekannte die Fahrbahn mit Steinen und Felsbrocken versperrt und im Hinterhalt auf das erste Auto gewartet. Ein weißer VW-Bus aus Richtung Lima hielt vor der Straßensperre, die wie ein natürlicher Felsabgang aussah. Ein ausländisches Ehepaar, Lehrer aus Lima, wie man jetzt wußte, stieg aus, wurde überfallen und getötet. Mit Machetenhieben hatte man ihre Köpfe vom Rumpf getrennt.

Enthauptung – ein Fanal im Andenreich!

Im Dorf zischten, trippelten, wisperten die Gedanken, die Menschen hin und her. Sie schienen aufs Äußerste erregt, aber auch innerlich wie erstarrt. Sie schüttelten ihre Köpfe, sie wußten, über was sie ungläubig die Köpfe schüttelten, nur Titus und Uta erfuhren es nicht. Die Indianer verschlossen wieder einmal ihre Gesichter und Herzen vor ihnen.

Uta berichtete von den Männerstimmen, die sie in der Nacht gehört hatte.

»Sí, sí, die Mörder!«

Die Indianer schüttelten ihre Köpfe, oder zitterten sie?

Auch Raúl zeigte sich verändert. Obwohl er sie in sein Haus eingeladen hatte, mied er nun jedes Zusammentreffen. Titus versuchte sich an seine Fersen zu heften, um mehr über den sonderbaren nächtlichen Überfall in Erfahrung zu bringen; doch Raúl entzog sich geschickt, und Titus streifte allein durch das wie ausgestorben wirkende Dorf.

Uta blieb bei Raúls Mutter, Doña Rosa, in der Küche sitzen und schaute zu, wie die alte Indianerin die Speisenfolge für das Bankett der Toten kochte. Jede Familie bereitete am Vorabend von Allerheiligen die

Lieblingsgerichte ihrer Verstorbenen. Dabei wurde lebhaft an sie gedacht und von ihnen erzählt. Mit fast jeder Speise war eine Erzählung verknüpft.

»Erinnerst du dich, weißt du noch …?«

In allen Küchen schwirrten die Geschichten über die toten Seelen.

»Und jedes Jahr kommen sie wieder in meine Küche und schauen mir zu. Ich spüre sie«, sagte Doña Rosa zu Uta.

»Sie werden vom Duft ihrer Lieblingsgerichte angezogen und sie hören es gerne, wenn man von ihnen spricht. Dann wissen sie, daß ihr Leben hier bei uns nicht nur Illusion war.«

Sie knetete den Teig für die Allerheiligen-Brote, die in Form von Kränzen, Leitern oder Puppen gebacken wurden, und Uta half ihr dabei. Sie flocht und formte die Teigfiguren. Die fertigen Backwaren kamen in einen Weidenkorb, sie waren für den kommenden Tag bestimmt, zur Verteilung auf dem Friedhof.

Uta brannte darauf, mehr über den sonderbaren Überfall und die Enthauptung zu erfahren. Wer waren die Mörder? Kannte man sie? War es eine Gruppe? Sie formulierte wie beiläufig ihre Fragen, während sie den Teig bearbeitete. Doña Rosa nickte mit ihrem Kopf und schwieg. Uta fragte sie direkt:

»Kennen Sie die Mörder, Doña Rosa?«

»Sí, sí … die Mörder …«

Nichts war zu erfahren.

Am nächsten Tag war das Bankett, das Fest der Toten: eine bunte, fröhliche Prozession zog bepackt mit Decken und Körben zu den Gräbern, hinauf auf den Hügel, der den schönsten Panoramablick über das Land bot. Der schönste Erdfleck gehört immer den Toten! Wie bei einem Picknick hatte man es sich zwischen den Gräbern gemütlich gemacht, es wurde aufgedeckt und aufgetischt. Über die Grabhügel waren bunte Tücher gelegt und darauf stellte man die irdenen Töpfe mit den Speisen. Es dampfte und duftete auf dem Friedhof.

Vor der Verteilung der Speisen wurden die Gebete gesprochen. Man ging von Grab zu Grab, die Frauen in ihren krinolineartigen, selbstgesponnenen Wollröcken, um die Schultern hatten sie bunte Mantas gelegt, auf denen ihre geflochtenen Zöpfe blauschwarz und schwer ruhten; die Männer trippelten hinter den Frauen einher, wie Ballettänzer, barfuß, in dreiviertellange, grobe Hosen gekleidet und den Kopf bedeckte die unentbehrliche Ohrenklappenmütze.

Uta stand neben Titus und schaute dem Friedhofsumgang zu, da wurde sie sanft nach vorne geschoben in die Reihe der Prozession. Sie drehte sich um. Doña Rosa nickte ihr zu und flüsterte:

»Kleine Fremde, bete auch du für unsere Toten.«

So machte Uta mit beim Gebetsreigen. Sie wurde von Grab zu Grab geführt, betete abwechselnd laut ein deutsches Vaterunser und Gegrüßetseistdumaria, mehr Gebete kannte sie nicht; doch, es fielen ihr noch Müdebinichgehzuruh und Weißtduwievielsternleinstehen aus ihrer Kinderzeit ein. Die Gesichter der Indianer strahlten, sie faßten Uta an, zupften an ihr herum, schoben sie weiter. An jedem Grab mußte sie beten, keinen Toten vergessen, denn unter der gegebenen Weltenordnung waren die Gebete der weißen Frau von höherem Wert und größerem Nutzen für die Toten. Ober sticht Unter – auch noch im Tod?

Uta machte ihrem Mann ein Handzeichen, zu ihr zu kommen und mitzubeten, doch Titus stand in einer Männergruppe und trank Schnaps. Singani-Schnaps und Chicha-Bier wurden in Wassergläsern herumgereicht, und auch den Verstorbenen stellte man ein volles Glas auf ihren Erdenhügel, neben die Teller mit den Lieblingsspeisen.

Die Toten waren versorgt, nun aßen und tranken die Lebenden. Und jeder gab als erstes der Erde einen Bissen zu essen und einen Schluck zu trinken – die Bringschuld für die Pachamama, die Mutter Erde. Man kann nicht nur von ihr nehmen, man muß ihr Gaben darbringen! Immer lauter und fröhlicher wurde das Picknick auf dem Friedhof. Die Indianer legten ihre statuenhafte Verschlossenheit ab, der Alkohol löste ihre Zungen. Sie bestürmten Uta, die für ihre Toten gebetet hatte, mit ihrer Fürsorglichkeit, brachten ihr die besten Stücke Chicharrón und ein besonders pikantes Hühnerbein, fütterten sie aus jedem Topf und füllten ihr Glas mit Chicha nach. Prost! Plötzlich stand Raúl mit einem Glas in der Hand neben ihr.

»Prost!«

»Prost! Du kommst erst jetzt auf den Friedhof?«

»Ich habe der Polizei geholfen.«

»Bei der Untersuchung des Überfalls? Was weiß man über die Täter?«

»Sí, sí.«

»Immer verschanzt ihr euch hinter diesem sí, sí, ihr seid nicht offen! Du schweigst und erklärst mir nicht warum.«

»Ich dachte, du wolltest bei uns leben.«

Raúl hob sein Glas, lächelte sein trauriges Lächeln, drehte sich um und ging zum Grabhügel seiner Familie.

Ein strahlend blauweißer Himmel spannte sich über das Land, den Friedhof mit den Indianern und Uta. Es war der gleiche Himmel wie in ihrer Heimat, vielleicht eine Spur klarer und seidiger. Die Apfelbäume, die Mandelbäumchen blühten auch zu Hause, die schmiedeeisernen Kreuze schmückten ebenfalls die heimatlichen Gräber, und Menschen – Menschen leben überall. Es gibt doch nur den Menschen!

Uta wußte nicht, warum sie sich traurig und einsam fühlte.

»Hier ist mein zu Hause jetzt«, dachte sie und ging mit ihrem vollen Chichaglas zu Titus, sagte »Prost« und hängte sich bei ihm ein. Titus lachte mit glasigen Augen über ihren Kopf hinweg. Er war betrunken.

12

Eine seltsame Ansammlung von Gegenständen lag seit der Rückkehr aus Palca nun jede Nacht und jeden Tag auf der überdachten Terrasse von Jesús María. Eine offene Schachtel Zigaretten, eine Zigarette einladend herausgezogen, manchmal auch ein Häufchen Tabak, eine Hibiskusblüte, immer rot, und Nüsse und Schokolade. Mit der Zeit entstand ein brauner Schokoladenfleck auf dem Terrassenboden, den Teresa auch mit Wasser und Kernseife nicht mehr wegbekam. Jeden Abend arrangierte Uta von neuem frische Gaben für die Toten der Hazienda. Titus meinte:

»Du fütterst damit nur die Nachttiere!«

»Sí, sí ...«

»Jetzt fängst du auch schon mit dem verdammten ›sí, sí‹ an! Weißt du, daß das Götzendienst ist, was du da machst? Wir sind doch Christen.«

»Für mich ist es Seelendienst! Vielleicht werden wir uns alle nach dem Tod noch wundern und staunen, daß es gar keine Andersgläubigen gibt!«

Seit Beginn ihrer Opfergaben, die tatsächlich in jeder Nacht von irgendwelchen Schmarotzern – oder waren es doch die Seelen der Toten – verzogen wurden, notierte sich Uta in einem Kalender die Häufigkeit des nächtlichen Gepolters und Geisterspuks.

Sie wollte so gern davon überzeugt sein, daß es

eine Beziehung gab zwischen ihren Geschenken, die Clemente ›Macumba‹ nannte, und der Beruhigung der Geister. Es gab aber keine. Monat für Monat setzte sich das nächtliche Gerassel, Gepolter, Geklopfe fort. Waren die ermordeten Seelen gar nicht zu besänftigen?

Der Überfall von Palca wurde in den Zeitungen nicht erwähnt. Titus forschte noch ein wenig nach, befragte im Dorf den Kommandierenden der Guardia Civil und auch den Bürgermeister, doch sie wußten beide nichts. Es war wohl nicht so wichtig, daß zufällig zwei Ausländer enthauptet worden waren.

Jedoch, einen Monat später erhielt Titus, als Leiter des Deutschen Projektes, einen Brief der Deutschen Botschaft in Lima, persönlich gehalten, irgendwie nett, informell. Sie mahnte, man solle doch vorsichtig sein, nicht mehr in der Nacht reisen, nicht in einsamen Gegenden zelten und so fort, und erst am Ende des Briefes wurde die Tatsache enthüllt, daß zwei deutsche Studenten in ihrem Zelt ermordet aufgefunden worden waren.

Titus erkundigte sich weiter: ja, auch die beiden Studenten waren mit Machetenhieben enthauptet worden.

Es war unheimlich, war es Zufall?

Auf den alten Geweben und bemalten Tongefäßen der alten Kultur finden sich viele Köpfe. Einzeln hineingewebte, gemalte Köpfe. Köpfe ohne den dazugehörigen Körper, über die ganze Breite des Gewebes rollende Köpfe. Die Trennung von Kopf und Körper zieht sich als Tötungsart durch die südamerikanische Geschichte. Auch der letzte Inka-Herrscher, Túpac

Amaru, wurde in der Festung Sacsahuamán enthauptet. Der Kopf, die Krone des Menschen, sollte dem Gegner die Lebenskraft des Opfers verleihen.

Raúl erzählte Uta aber auch vom ›Rächenden Schädel‹ des Inka-Kaisers, der im Lande umgeht, tötet, Blut vergießt. Vielleicht war es dieser Kopf, der auf den alten Geweben und Keramiken festgehalten wurde? Und jetzt, ging der ›Rächende Schädel‹ von neuem um?

»Raúl, sag mir, tötet jemand in deinem Land unter dem Deckmantel des ›Rächenden Schädels‹? Sind die Überfälle darauf zurückzuführen?«

»Vielleicht.«

»Was will der ›Rächende Schädel‹ des Inka?«

»Wir wollen unseren ureigenen Staat, die Gesellschaftsform des Alten Geschlechts. Weißt du, als die Europäer in unser Land kamen, befanden wir uns auf einem hohen sozialen und wirtschaftlichen Standard. Seitdem sind wir abgestiegen und in der Entwicklung zurückgefallen, als Folge der Ausplünderung durch die damals Mächtigen, die Habsburger und Bourbonen. Investiert wurde unser Kapital bei euch in Europa, und als unser Land, unser ganzer Kontinent leer und arm gesaugt war, wurden wir uninteressant. Jetzt sind wir die Dritte Welt und werden mitleidig belächelt. Von den Plünderern!«

»Gibt es denn gar nichts Positives, das dein Volk durch die Eroberung bekommen hat?«

»An der Universität lernen wir, daß die Spanier uns die griechische Logik, das römische Recht und die christliche Moral geschenkt haben. Aber unsere Seele ist weiter in unserer Kosmogonie verhaftet. Wir verlieren unsere Seele, das Erbe des Alten Geschlechts nicht! Mein Vaterland ist über zehntausend Jahre alt, was zählen da schon die letzten fünfhundert Jahre.«

Im 15. Jahrhundert, bevor die Konquista begann, war Tahuantisuyu, wie das Inka-Reich hieß, ein Modellstaat gewesen, eine sozial-wirtschaftliche Staatsform, welche in Europa erst im 20. Jahrhundert Eingang fand.

Im Denken der Inka-Kaiser stand die Erkenntnis im Vordergrund, daß nur eine solide wirtschaftliche Basis und eine soziale Sicherheit für das ganze Volk eine Kultur von Dauer hervorbringt. Sie regierten modern, boten ihrem Volk ein würdiges Leben auf der Grundlage der garantierten Sicherheit. Begriffe wie Recht auf Arbeit, soziale Absicherung, Krankenversicherung, Nachbarschaftshilfe alles war verwirklicht. Außerdem waren die Inka-Herrscher ausgezeichnete Planungsstrategen, so ist es nicht verwunderlich, daß die Architektur, der Straßenbau, die Wasserbaukunst in Form von unterirdischen Speichersystemen und weitläufigen Bewässerungsanlagen und die Landschaftsarchitektur in höchster Vollendung betrieben wurden.

Titus war diesen genialen Planern wesensverwandt, das sah auch Raúl. Dieser Deutsche ging mit einer ungeheuren Präzision und Effektivität an die Planungsaufgaben des Forstprojektes heran. Sehr viel hatte er schon erreicht, Neuartiges in Bewegung gesetzt. Er hatte Raúl und seine Mitarbeiter davon überzeugt, Agroforstwirtschaft im Tal einzuführen. Das brächte den Bauern einen zusätzlichen Verdienst, sie wären nicht allein von der landwirtschaftlichen Ernte abhängig und gleichzeitig würde der Boden nicht so stark ausgelaugt, wie es bei Monokulturen der Fall war. Zum Beispiel Kaffeesträucher mit wertvollen Schattenbäumen, deren Holz gute Preise erzielte, oder Bauholz mit Bananen- und Papayaplantagen. Titus arbeitete Kombinationsmöglichkeiten und Unterweisungskurse für die Bauern aus. Er schickte Raúl in die Dörfer, um Einführungskurse abzuhalten.

Vier Pflanzgärten hatte Titus inzwischen geplant, angelegt und Samen in aller Welt bestellt. Raúl hatte sich oft gefragt, warum der Gringo ihn, den Einheimischen, nie um Rat fragte. Wie konnte der Ausländer um die spezielle Bodenbeschaffenheit, um das Mikroklima, die Ungeziefer und um all die vielen Besonderheiten in der Selva Central wissen. Aber Titus wußte es, zur Verwunderung von Raúl, machte keine Fehler, gab sichere und treffende Anordnungen. Diese Perfektion bewunderte Raúl insgeheim, so mußte es zu Zeiten der Inka gewesen sein.

Titus hatte seine Augen und Ohren überall, registrierte alles in der Natur und machte blitzschnelle Folgerungen, wobei er mit einem kühnen Bogen Ursache und Wirkung verband. Die Einheimischen befragte er wie ein Lehrer:

»Wovon lebst du, welchen Teil deiner Ernte verkaufst du, wer ist dein Zwischenhändler, zu welchem Preis verkaufst du ein Quintal Avocados, was machst du gegen die ›bichos‹, was tut die Regierung für euch, wie hoch ist dein Lebensstandard?«

Der Indio schaute Titus freundlich an. In seiner leisen Sing-Sang-Stimme beantwortete er alle Fragen, nur mit der letzten Frage hatte er Schwierigkeiten. Er verstand sie nicht. Was meinte der Gringo mit Lebensstandard? Er und seine Familie hatten zu Essen, sie waren zufrieden, sie waren glücklich. War es das?

Einen Vorschlag Raúls griff Titus auf. Raúl hatte ihm von ausgedehnten Eukalyptus-Aufforstungen im Hochland von Ayacucho berichtet, an denen er während seines Forstpraktikums mitgearbeitet hätte. Diese Pflanzungen waren ohne ausländische Hilfe erfolgt und sie waren gelungen, wie man jetzt nach fünf Jahren ersehen konnte. Titus wollte sie kennenlernen.

Im neuen Jahr, im Januar, trat er zusammen mit Uta die Reise nach Ayacucho an. Raúl blieb im Tal zurück.

Alles ging gut auf dieser Reise.

Sie fuhren nur bei hellem Tageslicht, übernachteten nicht im Freien, mieden abgelegene Gegenden, benutzten die Straßen der Handelswege, auf denen Lastwägen unterwegs waren.

Alles ging gut auf dieser Reise.

Doch beiden fiel in den Dörfern des Hochlandes eine angespannte, gedrückte Stimmung auf. Sie hätten nicht sagen können, mit was die Veränderung zusammenhing, nach außen schien alles gleich: die trippelnden Indios mit ihren Lasten, die weitschwingenden bunten Röcke der sanften Frauen, die klaren Farben unter einem sauberen Himmel. Hie und da sahen sie ein markantes Indianergesicht mit einem hohen Hut mit schwarzer Farbe an eine weißgetünchte Wand gemalt, darunter lasen sie den Namen ›Túpac Amaru‹.

Ayacucho war schön, der Himmel klar, die Luft knisternd und trocken, und von den Aufforstungen zeigte sich Titus begeistert. Im Hotel de Turistas, das im schmalen Geviert der kolonialen Altstadt lag, gegenüber der Kirche Santo Domingo, fühlten sie sich wohl.

Sie waren die einzigen Ausländer dort in diesen Tagen.

Am letzten Abend, vor dem Schlafengehen, saßen Titus und seine Frau in dem großen Aufenthaltsraum mit Bar und ließen sich einen letzten Pisco sour mixen. Eine Handvoll Peruaner, Geschäftsreisende, befand sich ebenfalls in der Bar. Uta war die einzige Frau, niemand sprach mit ihr. Sie saß neben der hohen Fensterfront in einem Ledersessel, dessen Rückenteil ein Inka-Kopf mit Kopfschmuck zierte. Sie fragte sich, ob es nicht der ›Rächende Inka-Schädel‹ war, an den sie sich da lehnte. Diesen Gedanken wollte sie Titus, der neben ihrem Sessel stand und gerade mit einem Peruaner sprach, sofort mitteilen. Sie ergriff seine Hand, zog ihn herunter, bis sein Kopf neben dem ihren war. Und genau in diesem Augenblick, in diesem Bruchteil einer Sekunde, als sich Uta und Titus in die Augen blickten, zerbarst die Fensterfront neben ihnen. Glassplitter platzten nach allen Seiten und Maschinengewehrrattern fiel stotternd zwischen die Schreie der Menschen. Reflexartig zog Uta den Kopf von Titus mit beiden Händen an ihre Brust und duckte sich tief hinein in den Ledersessel. Dem stehenden Gesprächspartner von Titus schossen die Kugeln durch den Kopf. Blut spritzte, Glas splitterte und Mauerwerk fiel auf die Menschen in der Bar. Sie schrien in Panik.

Titus behielt die Nerven, er schrie nicht. Sein Kopf lag in Utas Schoß, seine Augen hielt er geschlossen. Er spürte, wie sich Utas Oberkörper schützend über ihn bog. Ruhig wartete er das Ende der Schießerei ab, und einen Tag später hatte er bereits den Terroranschlag vergessen, als hätte für ihn keine Lebensgefahr bestanden.

Alles ging ja gut auf dieser Reise.

Nur in Utas Träume schlich sich immer wieder das helle Splittergeräusch vermengt mit dem tiefen Rattern der automatischen Gewehre und den spitzen Schreien der Menschen. Oft, vor allem in stillen Stunden, kehrten die Bilder des Überfalls vor ihre Augen zurück und sie bekam eine Gänsehaut.

Zum ersten Mal tauchte in Ayacucho ein Name auf den Hauswänden auf: Sendero Luminoso, Leuchtender Pfad. Ein schöner, poetischer Name für eine Terrorgruppe. Noch wußte die Öffentlichkeit nicht, wer sich dahinter verbarg und welche politischen Absichten bezweckt wurden.

Der Name ›Sendero Luminoso‹ war schon mehrmals in der Geschichte des Landes aufgetaucht, zuletzt während der Klassenkämpfe in den Dreißiger Jahren des 20. Jahrhunderts. Der peruanische Schriftsteller Mariátegui hatte damit den Weg der Indianer zu einer marxistisch-leninistischen Revolution beschrieben.

Der Begriff war aber älter, denn immer schon verbanden die Indianer die Rückkehr des Inkarrí, einer Mythifizierung der vielen enthaupteten Inka-Kaiser, mit der Vorstellung eines leuchtenden Pfades.

Der Weg seiner Wiederkehr würde leuchten und strahlen und brennen. Das Fest der Wiederkehr des Inka würde ein Fest des Blutes sein und am Tag der Blutsonne, wie die Indianer jenen fernen Tag benennen, würde das vergossene Blut brennen.

In Ayacucho begann der Pfad zu leuchten, das Blut zu brennen.

13

In der neuen Regenzeit setzten erst Ende Januar verspätet starke Regenfälle ein, und wie im Jahr zuvor ging die Straße in der engen Schlucht verloren, ging mit dem Regen in die Knie und sackte weg. Das Tal war von der Welt abgeschnitten, und der tägliche Nachschub an Kerosin, Gas, Lebensmitteln, Zeitungen und Post setzte aus. Ein weißer Fleck bildete sich auf der Landkarte von Peru.

Niemand im großen Land störte sich daran – es gab so viele dieser weißen, unzugänglichen Flecken! Auch in der Luft, mit den kleinen Cessnas, war kein Durchkommen.

Eine Barriere aus Stein und Eis, wolkenumhangen und sechstausend Meter hoch, stand als natürliche Mauer zwischen dem Tal und der Küste. Kein Pilot wollte an der Kordillere zerschellen, und so verblieben die Cessnas im Hangar.

In dieser Regenzeit fühlte sich Uta anders. Sie litt nicht mehr unter dem Eingesperrtsein in einem Tal ohne Ausgang. Ganz ruhig blieb sie. Sie hatte Tiere und Menschen um sich, für die sie Verantwortung trug.

Sie legte ein Depot mit Kerosin, Gas und Lebensmitteln, hauptsächlich Reis, Tee, getrocknete Bohnen und Dosenmilch, an, und sie geizte mit dem Verbrauch ihrer eigenen Hühnereier. Das Angebot des Marktes an Fleisch und Lebensmitteln nahm stetig ab, und schließlich wurden die Bewohner des Tals zu Selbstversorgern, und ein Tauschhandel setzte ein.

Als es überhaupt kein Fleisch mehr auf dem Markt zu kaufen gab, dachte Uta daran, jetzt das ein Jahr alte schwarze Schwein zu schlachten. Sie selbst wollte es tun.

Eines Morgens fuhr sie hinaus ins Schlachthaus, das weit außerhalb des Dorfes am großen Strom lag. Schon von weitem sah Uta die schwarzen Aasgeier, die an einer Stelle des Himmels kreisten, Runde für Runde den Schlachtplatz umkreisten, sich beständig tiefer schraubten, dann plötzlich mit einem hackenden Kopfnicken zustießen und mit einer blutigen Beute im krummen Schnabel sich auf die nahen Baumäste flüchteten, verfolgt vom geilen Gekreisch ihrer leer ausgegangenen Artgenossen.

Uta näherte sich den beiden Männern, die gerade anfingen ein Kalb zu schlachten. Sie grüßte und sagte, sie würde gern beim Schlachten und Zerteilen des Tieres zuschauen.

Es war so außergewöhnlich, daß hier eine junge, weiße Frau auftauchte, daß die Männer gar nicht auf ihre Worte hörten. Sie starrten die Gringa an, kicherten verlegen und arbeiteten weiter. Uta schlug einen Schreibblock auf, den sie mitgebracht hatte und fing an, sich Notizen über die Handgriffe und Schnitte der Metzger zu machen.

Auch nach Oxapampa fuhr sie, um sich von den Bauers und Mayers, die täglich mit Vieh zu tun hatten, Rat für die Schlachtung von Casimiro zu holen. Lola Mayer war entsetzt, sie sagte, Schlachten sei Männersache.

»Das soll Titus übernehmen! Mein Mann würde das niemals von mir verlangen.«

Uta schüttelte ihren Kopf. Titus verlangte das gar nicht von ihr, sie selbst wollte das Schlachten erlernen!

Der Schlachttag kam. Frühmorgens, bei anbrechendem Licht, begannen sie. Uta, Clemente und seine Frau Teresa hatten alles für den Tag vorbereitet: eine große Plastikplane lag auf der Wiese und auf dem Zerwirktisch in der kleinen, überdachten Laube. Am Vortag hatte Titus ein rotes Bergseil an den Querbalken des Laubendaches verknüpft, und zwei Seilenden mit Schlaufen baumelten im Morgenwind hin und her. Es war der Schweinegalgen.

Jetzt holte Titus seinen Trommelrevolver aus dem Haus, Clemente zog Casimiro am Strick aus dem Stall, und Uta stand in der Küche am Herd und brachte in vier großen Töpfen Wasser zum Kochen. Da hörte sie den Schuß und zuckte zusammen.

»Das ist also der Moment, in dem Casimiro zu unserer Nahrung wird«, dachte sie traurig.

Uta goß das siedend heiße Wasser in zwei Eimer und ging nach draußen. Auf der Plane lag Casimiro, auf der Seite hingestreckt, und Teresa und Clemente hielten seine zuckenden Vorder- und Hinterläufe fest.

Bevor Uta zum ersten Mal zustach, sammelte sie innerlich im Kopf, im Herzen, im ganzen Körper eine konzentrierte Kraft. Sie benötigte Mut, und dachte daran, daß sie alles gut und sauber machen wollte. Dann setzte sie zum Halsschnitt unterhalb der linken Kinnlade des Schweins an, führte die scharfe Messerschneide ungefähr zehn Zentimeter nach unten und zog sie wieder aus der Halsschlagader. Langsam, verhalten, in blubbernden Blasen kam das ziegelrote Blut zum Vorschein, das Clemente in einer Schüssel auffing.

Titus hatte sich ins Haus zurückgezogen, er sagte, er vertrage den Anblick von Blut nicht.

Die Lebensreflexe von Casimiro ließen nach, endlich lag er still und war tot. Uta überbrühte den Körper mit dem heißen Wasser, und zu dritt gingen sie daran, die Borsten zusammen mit der äußersten Hautschicht abzuschaben. Es war eine harte Arbeit, die schnell ausgeführt werden mußte, bis die Verwandlung vollzogen war: der anthrazit-farbene Schweinekörper gab eine porzellanweiße Farbe und eine babyhafte Haut frei.

Bevor sie das Schwein an den Galgen hängten, klemmte Uta zwischen die Sehnen der beiden Hinterläufe zwei Karabinerhaken ein, in die sie die Seilschlaufen der Aufhängevorrichtung einfädelte. Das Schwein hing kopfüber.

Zwei Stunden waren vergangen. Der Glutofen der Sonne heizte bereits unerträglich stark. Scharen von Mosquitos und Fliegen surrten um das tote Tier und die schwitzenden Menschen, saugten am salzigen Schweiß ihrer Haut. Uta schlug eine kurze Pause vor und während sie Kaffee brühte, verrührte Teresa, weich und schnell, das Blut in der Schüssel mit frischen Kräutern und brachte es in ihre Hütte.

Uta trank Kaffee und blätterte dabei in ihren Arbeitsnotizen. Nun kamen die wichtigen Schnitte an die Reihe, die präzise und sauber ausgeführt werden mußten: der Rundumschnitt, der den Kopf vom Rumpf trennte, der Bauchschnitt, der die Eingeweide freilegte und all die vielen Trennschnitte für die Gliedmaßen, die sie sich eingeprägt hatte. Vor dem Abtrennen des Kopfes fürchtete sich Uta insgeheim und als sie das lange Messer nachwetzte, tauchten plötzlich Bilder vor ihren Augen auf, Bilder, die sie nie selbst gesehen hatte.

Sie sah die Köpfe der Guillotinierten in einen bereitgestellten Weidenkorb purzeln, das Abbild eines von den Jívaros präparierten Schrumpfkopfes stand ihr vor Augen und dann meinte sie die rollenden Köpfe zu sehen, eine lange Reihe abgehackter, rollender Köpfe.

Die Luft vor ihren Augen flimmerte gelb, oder waren es Lichträder in ihren Pupillen – Signale, die ihr Körper ausschickte, um auf seine Verletzlichkeit und Schwäche hinzuweisen? Trotzdem stand Uta auf. Ein leichtes Schwindelgefühl ließ sie kurz innehalten, sie starrte auf das vor ihr hängende tote Schwein, griff wie träumend nach dem geschärften Schlachtermesser und stach ohne weiter nachzudenken in den Schweinenacken. Butterweich ließ sich das Messer durch das Fleisch führen.

»Die Lebensspannung ist fort«, registrierte Uta beim Schneiden, »deshalb schneidet sich das Fleisch so weich. Wie sich wohl das Fleisch eines Lebenden anfühlt? Ob die Terroristen beim Töten Widerstand spüren?«

Auf Anhieb traf sie die Stelle oberhalb des ersten Halswirbels, und der Schweinekopf fiel plötzlich in die darunter aufgestellte rote Plastikwanne. Beim Anblick des Kopfes in der Schüssel wurde Uta übel. Sie erbrach heißen Kaffee.

Clemente und Teresa führten Utas erste Schlachtung gut zu Ende. Die Tiefkühltruhe füllte sich mit unzähligen Fleischportionen. Bis zum Ende der Regenzeit würden sie Fleisch zum Essen und Verschenken haben.

Casimiro, das lebenslustige Schwein, war am Ende des Tages zu einer Geschichte geworden, die Uta, zurück in Deutschland, gelegentlich erzählen würde.

»Wenn ich es erlebe«, fügte sie still hinzu. Es war ihr nicht möglich, sich die Zukunft vorzustellen.

Das Abgeschnittensein im Tal ohne Ausgang dauerte nun schon über drei Monate. Je länger der Zustand andauerte, um so stärker rebellierte etwas Dunkles, Unbekanntes in Uta. Sie konnte das Eingesperrtsein nur schwer ertragen.

Titus arbeitete ruhig weiter, nichts lenkte ihn ab. An den Wochenenden lag er wie immer am Swimmingpool, genoß die Hitze, die ihn erregte, kühlte sich im Wasser ab. Nie lag er müßig, beständig bildete er sich weiter, las und machte sich Notizen. Die Verantwortung für sein Projekt und für die gesamte Selva Central pochte so drängend in ihm, daß er sich keine faule Minute gönnen wollte.

Endlich hörten die zerstörerischen Regengüsse auf. Die Überlandstraße wurde ausgebessert und von den Schlammassen befreit. Auf ihr rollte überraschend das Militär ins Tal. Die Talbewohner vermuteten, daß die Bedrohung durch die Terrorgruppe ›Leuchtender Pfad‹ gefährlicher sein mußte, als die Regierung zugab, und die Zeitungen berichteten.

Die terroristischen Anschläge, hauptsächlich das Sprengen von Strommasten, ereigneten sich weit weg von der Selva Central in der Hauptstadt, bis eines Abends im Schutze der Dunkelheit die dorfeigene Generatorstation, die das Tal mit Strom versorgte, in die Luft flog. Seitdem gab es im Dorf kein elektrisches Licht mehr. Und mit Beginn der Trockenzeit mehrten sich die Überfälle auf Menschen in den Provinzen nahe der Hauptstadt Lima. Wahllos wurden Menschen aus allen Schichten ermordet, Indianer, Mestizen, Weiße und Neger.

Die Soldaten waren zur Verteidigung der Provinz nach San Ramón gekommen. Sie zogen im Hotel de Turistas ein, das nun keine Touristen mehr beherbergte, umzäunten den parkähnlichen Grund mit einer Mauer mit Wachttürmen und verschlossen die Auffahrt mit einem starken Eisengittertor, vor dem ein blutjunger Soldat mit über die Brust gelegtem Maschinengewehr, an dem er sich festkrallte, patrouillierte. Die Soldaten hatten Licht, sie produzierten ihren eigenen Strom mit einem Dieselgenerator, dessen tuckerndes Geräusch man nun Tag und Nacht im Dorf hörte.

Pedro und Pancho behielten ihre Stellung und bedienten jetzt im Casino. Aber Uta bedauerte es sehr, daß sie nicht mehr zum Sitzen und Reden auf die schattige Terrasse des ehemaligen Hotels kommen durfte.

Im Dorf, auf der Hauptstraße lernte sie eines Tages die Frau des kommandierenden Majors, Marizabel Ramírez, kennen. Frau Ramírez ging, gefolgt von ihrer Muchacha, die die Einkaufstaschen trug, einkaufen und entsetzte sich dabei über die Trostlosigkeit und Armut und Langeweile in San Ramón. Sie seufzte tief aus Mitleid mit sich selbst und dem Opfer, das sie für ihren Mann brachte. Da erblickte sie auf der Plaza Uta und erkannte in der Ausländerin sofort die einzige Person ihrer Gesellschaftsschicht. Sie ging auf sie zu und sprach sie an.

Uta nahm ihre Einladung zum Tee auf die Terrasse des gerade fertiggestellten Kommandanten-Bungalows an.

Da saß sie, höflich lächelnd, während Frau Ramírez mit einer Schnelligkeit redete, die Uta anstrengte. Es war aber nicht wesentlich, ob sie alles verstand, denn die Frau des Kommandanten redete aus Obsession.

»Sie lügt das Blaue vom Himmel!«

Uta lächelte bei dem Gedanken, diesen Ausdruck ins Spanische zu Übersetzen; laut aber sagte sie:

»In meiner Sprache sagt man: Sie reden das Blaue vom Himmel!«

Frau Ramírez fand den Ausdruck sehr hübsch und fühlte sich geschmeichelt. In ihren Ohren klang die Redewendung so, als ob sie etwas Bedeutendes sagte. Langsam ließ sie Utas Worte auf der Zunge zergehen, wiederholte sie vor ihrem Mann, vor den Soldaten und zitierte ihn auch auf der Banco de Crédito:

»Die Señora Uta sagt, ich rede das Blaue vom Himmel!«

Uta beschloß, kein zweites Mal einer Einladung zum Tee auf die Kommandanten-Terrasse zu folgen; doch Titus bat sie, den Kontakt noch ein wenig aufrecht zu erhalten und ein Essen für das Ehepaar zu geben. Er erhoffte sich bei den Aufforstungsarbeiten des Projekts eine Unterstützung durch die Soldaten.

Uta kochte, das Ehepaar kam, der Mann trug Uniform. Die Ehepaare saßen sich am rustikalen Eßtisch gegenüber. Die Männer unterhielten sich, die Frauen lächelten und häuften ihren Männern die besten Bissen auf den Teller. Beim Kaffee zog Frau Ramírez ein Kartenspiel aus ihrer Handtasche und erkundigte sich lächelnd, ob man in Deutschland auch Canasta spiele.

Ohne zu zögern, versicherte ihr Titus, natürlich würden sie spielen und er fände das eine hübsche Idee. Niemand bemerkte Utas laut schnaubenden Atemzug.

Das Canasta-Spiel zog sich bis weit nach Mitternacht. Uta hoffte, daß die Geister kämen und durch ihren lauten unsichtbaren Spuk die Gäste vertreiben würden. Man trank, spielte, rauchte, die Geister erschienen nicht in dieser Nacht.

Als sie endlich im Bett lagen, machte Uta ihrer Empörung Luft:

»Nie wieder höre ich mir das Gejammer von Frau Ramírez über unser dreckiges Dorf und die schmutzigen Indios an!«

Titus erwiderte nichts, er schlief schon, sank gerade alkoholschwer auf einen tiefen Grund.

14

Was ist Glück?
War es Glück, daß sie dem Gemetzel in Ayacucho und bald darauf in Oxapampa entkommen waren, wie Titus meinte? Die Indianer sagten, es sei kein Glück, dem Tod entronnen zu sein, denn der Tod käme so oder so. Das Leben bestehe nun einmal aus der Geburt und dem Tod, einem Anfang und einem Ende, und Zeit spiele da keine Rolle. Sterben sei weder Glück noch Unglück, das sei einfach so. Así es, sagten sie und schlossen damit viele ihrer Sätze ab.

Titus blieb bei seiner Meinung, »es ist Glück, daß wir noch leben.«

Uta fragte Raúl, was für ihn ›Glück‹ sei und bekam als Antwort:

»Glück ist, unter dem Kreuz des Südens zu stehen.« Sie schwieg, obwohl sie den Satz nicht verstanden hatte, ahnte nur, daß er eine Metapher für ein außerirdisches Glück sein mußte. Und sie selbst, was verband Uta mit Glück? Erstaunt stellte sie fest, daß all die greifbaren Dinge, die mit ›mein Lieblings …‹ begannen, sich nicht in diesem unsichtbaren Netz, das man Glück nennt, verfingen; auch Menschen und Erinnerungen schlüpften durch die Maschen. Uta kannte aber Momente eines aufblitzenden Glücks, zwar fern und nicht zu greifen wie ein Regenbogen und doch existent. Sie wußte darum und dachte nicht weiter darüber nach.

Entsetzliches war geschehen, Margareta Bauer war tot. Nicht nur sie, ihre ganze Familie und zwanzig weitere Personen waren von den Guerilleros ermordet worden. Ungewöhnlich war, daß auch das Vieh der Menschen abgeschlachtet worden war. Uta und Titus erfuhren es gleich bei ihrer Rückkehr aus Oxapampa.

Der Tag hatte damit begonnen, daß Titus Uta fragte, ob sie mit nach Oxapampa fahren wolle, er hätte dort zu tun. Uta freute sich auf jeden Besuch bei den Mayers und Bauers; heute würde sie nur Margareta in Oxapampa antreffen, denn Lola Mayer befand sich mit ihrem Mann auf Heimaturlaub in Deutschland. Sie packte einen Sack mit Avocados, Mangos und Ananas voll, Früchte, die sie immer nach Oxapampa mitnahm und dafür Käse zurückbrachte.

Der Tag war heiß und trocken, auch in der Frühe hatte es nicht geregnet und die Furten waren gut passierbar. Der Jeep holperte und schaukelte auf der schmalgewundenen Staubstraße, die bald vom großen Strom hinauf auf die Bergrücken der Selva führte. Uta saß entspannt auf dem Beifahrersitz, ihr Körper schwankte im Takt des Autos. Lieber saß sie selbst am Steuer, denn da spürte sie die Unebenheiten der Straße nicht so stark.

Drei Stunden Fahrt, siebzig Kilometer, lagen hinter ihnen, da öffnete sich der Blick auf das langgestreckte Hochtal von Oxapampa mit seinen saftiggrünen Viehweiden. Titus brachte den Jeep in einer Ausweichbucht zum Stehen und stieg aus. Er wollte sich den Wald oberhalb der Straße anschauen, Baumarten, Sekundärwuchs, Boden und Unterholz aufnehmen, und Uta kam mit. Ziellos schlenderte sie weit hinter Titus. Die Attacke ereignete sich furchtbar schnell. Sie hörte ein Rascheln, ein Knacken, ein jaulendes Winseln, sah einen großen struppigen Hund auf sich zurennen, blieb stehen, und da biß der Hund auch schon zu. Uta blickte in gelbe Hundeaugen, die zitterten, und sie traurig und gar nicht aggressiv anblickten. Der Hund klemmte seine lange Rute unter die Hinterläufe und verschwand wieder im Wald mit einem merkwürdig langgezogenen Heulton. Es war wie ein Traum, und erst als Uta den Riß, das Blut, den Speichelfleck an ihrer Jeans am rechten Oberschenkel sah, kamen die Schmerzen und ihre Muskeln zogen sich aus Angst zusammen. Sie konnte sich nicht bewegen und schrie nach Titus, der von dem Angriff nichts wahrgenommen hatte.

Bei Margareta, in Oxapampa, lag Uta den ganzen Tag auf dem grünen Sofa. Margareta wusch die Wunde aus und machte Umschläge gegen die Schwellung. Dann vergaß sie ihre Arbeit, schickte die Kinder zum Nachbarhof, um sie aus dem Haus zu haben, und setzte sich zu Uta. Zum ersten Mal waren sie in Ruhe und Stille und Nichtstun allein im Raum. Zum ersten Mal hörte Margareta das Knacken und Knarzen des Holzhauses. Sie saß still vor ihrer Kaffeetasse und träumte in das Vogelgezwitscher hinein, das durch die offenen Türen und Fenster drang. Was sollten sich die beiden jungen Frauen erzählen? Entweder alles oder nichts. Sie beließen es beim nichts. Margareta sagte:

»Das war ein tollwütiger Hund, deshalb hat er sich so merkwürdig verhalten. Versprich mir, daß Du morgen nach Lima ins Centro Antirrábico fliegst. Man stirbt ganz grausam an der Tollwut.«

Uta versprach es. Gegen vier Uhr nachmittags kamen die Männer und waren befremdet, ihre Frauen so müßig, so still, so ruhig vorzufinden. Eigentlich wollten Titus und Uta bei den Bauers übernachten, aber Margareta drängte sie, nach Hause zu fahren, damit Uta am nächsten Morgen nach Lima fliegen könne. Sie brachen auf, es war spät und sie würden in die Dunkelheit kommen. Bis sie den großen Fluß in Paucartambo erreichten, war es stockdunkel und sie fuhren, aufmerksam die zwischen den Leuchtkegeln der Scheinwerfer liegende Straße beobachtend, weiter in Richtung San Ramón.

Es war bereits nach acht Uhr, da wurden sie kurz vor den ersten Häusern des Dorfes vom Militär gestoppt. Sie erschraken. Die Straße war mit Panzersperren abgeriegelt, Soldaten liefen nervös, die Maschinengewehre über der Brust im Anschlag, kurze Anweisungen schreiend, im Scheinwerferlicht hin und her. Ramírez kam auf sie zu. Von ihm erfuhren sie das Entsetzliche, das sich vor einer Stunde in Oxapampa ereignet hatte.

Margareta! Was hatte sie getan, außer gearbeitet und geschuftet. Dieser gewaltsame Tod machte keinen Sinn. Warum die Senderistas zugeschlagen, wahllos Familien niedergemetzelt hatten, wußte niemand zu erklären. Terror ist nicht logisch und nicht zu erklären, ist nur im hassenden Kern für seine Ausführenden logisch.

Die ganze Nacht schrie Uta lautlos im Schlaf: Margareta, Margareta!, als könne sie die Freundin vor dem Ende noch warnen. Am Morgen brachte Titus Uta zum Flugfeld. Da saß sie bleischwer und wartete auf eine Cessna, die von Puerto Bermúdez kommen und angeblich weiter nach Lima fliegen sollte. Sie saß im Schatten eines Mangobaumes, lehnte ihren Rücken an den glatten, kühlen Stamm. Sie kämpfte gegen Heulkrämpfe an, die sie wellenartig erfaßten und schüttelten. Margareta? Sie lebte nicht mehr!

Uta sah und hörte die Landung des Flugzeugs nicht. Sie lehnte mit geschlossenen Augen am Mangobaum und versuchte nachzudenken, welche Gefahr die Terroristen für sie und das Tal bedeuteten. Da wurde sie leicht an der Schulter berührt und eine Singsang-Stimme sagte:

»Gringuita, kommen Sie, wir wollen starten.«

In Jorge Chávez, dem Flughafen von Lima, nahm Uta ein Taxi und ließ sich sofort ins ›Zentrum zur Bekämpfung der Tollwut‹ fahren. Zu ihrer Überraschung lag es in einem Armenviertel zwischen verwahrlosten Behausungen aus Adobe, Wellblech und Bastmatten. Das Taxi hielt vor einem im Rohbau befindlichen einstöckigen Ziegelgebäude und Uta wunderte sich, über die äußere Billigkeit dieser Forschungsstätte.

Sie zahlte und stieg aus. Beißender, übelriechender Rauch, der von brennenden Müllhaufen ausging, reizte ihre Schleimhäute. Zusätzlich nahm sie einen strengen Uringeruch wahr, der sie bis ins Innere des Gebäudes begleitete. Uta erwartete mißgelaunte Ärzte und Personal, die über solch unzumutbare Bedingungen angewidert oder wütend waren, traf aber auf fröhliche Angestellte.

Der neonbeleuchtete Korridor diente auch als Warteraum. Uta reihte sich in die an der Wand stehende und lehnende Menschenschlange ein. Dunkel- und bronzehäutige Menschen, junge und alte, kraus- und glatthaarige, alle hatte das gleiche Schicksal ereilt, sie waren von einem tollwütigen Hund gebissen worden.

Lachende Gesichter wandten sich an Uta:

»Woher kommst du, kleine Fremde? Hat dich ein Hund gebissen? Hast du Schmerzen? Ist der Hund getötet worden? Warum bist du allein? Wo ist dein Señor?«

Uta lächelte zurück und beantwortete alle Fragen. Als sie wahrheitsgetreu sagte, ihr Señor sei in der Selva Central und müsse dort arbeiten und hätte keine Zeit, da schnalzten sie dreimal mit der Zunge an den Zähnen und schüttelten ihre Köpfe. Ts, ts, ts! Uta versetzte das einen Stich in ihr Herz. Sie versuchte nicht, den Menschen hier zu erklären, daß in ihrer Kultur die Frauen allein, ohne Begleitung ihres Mannes, zum Arzt gingen.

Die vor Uta Wartenden verständigten sich untereinander, die arme, kleine Fremde als Erste zu den Ärzten zu lassen. Uta bedankte sich für diesen Akt der Höflichkeit einer Ausländerin gegenüber. Sie gaben ihr noch den Rat, in das mittlere Behandlungszimmer zur Ärztin mit der sanften Spritzenhand zu gehen. Auf keinen Fall dürfe sie in das linke Sprechzimmer, denn dort träfe sie auf den brutal spritzenden Arzt, den sie ›el carnicero‹ den Fleischhauer nannten.

Uta betrat also das mittlere Zimmer. Eine junge, breitgesichtige Mulattin empfing sie und stellte sich »als María, Ihre Ärztin« vor.

Nach einer ausgiebigen Befragung und Untersuchung erklärte die Ärztin, sie könne Uta die langwierige und sehr schmerzhafte Spritzenkur gegen Tollwut nicht ersparen. Für die Bestellung und Zusendung der einmaligen Anti-Tollwut-Spritze aus den USA sei es leider schon zu spät. Uta glaubte, die Ärztin nicht richtig verstanden zu haben und fragte nach:

»Sie sagen, Sie wollen bei mir eine schmerzhafte Spritzenkur durchführen, obwohl es eine einmalige Spritze mit derselben Wirkung gibt. Ist es so?«

»Ja. Die Einmal-Impfung ist sogar noch besser und ohne Nebenwirkungen.«

»Und warum haben Sie das Medikament nicht?«

»Es ist zu teuer für uns, nur die reichen Länder haben es. Wir verwenden weiter das veraltete, billigere Tollwut-Serum. Poor medicine, for poor people!«

»Unglaublich! Das ist so, als ob ich einem hungrigen Menschen meinen Müll zum Essen gäbe.«

«Así es.«

María zog eine dicknadelige Spritze auf. Sie bat Uta, sich auf die Liege zu legen und ihren Bauch freizumachen. Mit einem Stift markierte sie rund um Utas Bauchnabel vierzehn Kreuze und in eins davon spritzte sie.

Augenblicklich verschlug es Uta den Atem, nicht einmal Luft für einen kurzen Schrei blieb ihr. Ein heißer, feuriger Schmerz drang in sie. Sie krümmte sich und flüsterte:

»Mein Bauch steht in Flammen!«

María strich ihr behutsam über den Kopf und sagte:

»Ich weiß, es tut sehr weh, aber nach einer Stunde läßt der Schmerz nach. Sie müssen das nun jeden Tag, insgesamt vierzehn Mal, über sich ergehen lassen. Also dann, bis morgen!«

Vor der Klinik auf der Straße bemerkte Uta, daß sie immer noch ihre beiden Hände gegen den Bauch preßte und ihren Oberkörper nach vorne gebeugt hielt. Vorsichtig richtete sie sich auf, setzte zaghaft einen Fuß vor den anderen. Um den Schmerzen zu entgehen, beschloß sie, kein Taxi zu nehmen; das

Laufen würde den unmittelbaren Gedanken an den brennenden Schmerz in ihrem Körper vertreiben.

Sie sah und beobachtete auf ihrem langen Marsch durch einige Stadtviertel Limas Menschen von verschiedener Herkunft. Ihr fiel auf, wie unterschiedlich sie wohnten, sich kleideten und gestikulierten. Wie anders sie mit ihren Kindern umgingen, sprachen und ihre Babies wiegten. Auch die Körperhaltung der Menschen beim Sitzen und Gehen war verschieden:

Der weiße Mann hastet vorwärts. Schnell will er den nächsten Schritt hinter sich bringen und wie lästige, unangenehme Anhängsel baumeln hölzern seine Arme, seine Beine. Die schwarzen Menschen bewegen ihre Körper mit Lust und Anmut, die ihnen schmeichelt. Weich treten sie auf, setzen tänzelnd ihre Füße voreinander. Ihr gesamter Oberkörper, sogar ihr Kopf, schwingen in der Bewegung mit. Sie zeigen der Welt, wie wohl sie sich in ihren Körpern fühlen. Und wenn sie Musik hören, steigert sich ihr Gang zu noch sinnlicherer Form. Die äußerlich spröden Indianer kennen kein Gehen, sie trippeln schnell dahin, mit steifem, vorgeneigten Oberkörper und den nie durchgedrückten Knien ihrer kurzen, flinken Beine. Unterwürfig wirkt ihr Gang, oder kommt es davon, daß sie immer zu schwere Lasten auf ihren Rücken tragen? Oder neigen sie sich der Mutter Erde entgegen, verneigen sich vor ihrer Pachamama?

Uta ging durch Pueblo Libre, Lince und Jesús María. Die Wohnviertel waren heruntergekommen, staubig, chaotisch. Jesús María war ein sonderbarer Name für einen Stadtteil – sie konnte sich nicht daran gewöhnen, daß in Südamerika der Name Jesus für Menschen, Orte, sogar Produkte zur Verfügung stand, während man in Deutschland den Namen

Jesus nur im Zusammenhang mit der Religion oder im Fluch aussprach, und kein Kind darf auf den Namen Jesus getauft werden.

Sie ging durch San Isidro, die Straßen und Gehsteige wurden jetzt breiter, die Häuser hübscher und zwischen den Fahrbahnen lagen grüne Wiesenstreifen. Dort saßen inmitten des vorbeiflutenden Verkehrs, in aller Ruhe, indianische Mütter und gaben ihren kleinen und großen Kindern die Brust.

An einer Ampelkreuzung lauerten Horden von acht- bis zehnjährigen Jungen, die aus grau zerwaschenen Stofflumpen ihre dünnen Arme den vorbeisausenden Autos entgegenreckten, bei Rot sich schnell durch die Autoreihen schlängelten und mit einem sehr staubigen Lappen die Windschutzscheiben in heftig kreisenden Bewegungen bearbeiteten. Da wurde in den hinteren Reihen auch schon gehupt, die Ampel hatte auf Grün geschaltet, und die ersten Fahrzeuge fuhren an. Selten blieb den Fahrern noch Zeit, in ihre Taschen zu greifen und klimperndes Kleingeld aus dem Fenster den Kindern zuzuwerfen, die sich rennend vor den Autos und Bussen in Sicherheit brachten.

Uta war auf den Grünstreifen getreten, hatte ihre Reisetasche, die sie seit Stunden über die Schulter geworfen mit sich trug, auf die Wiese gestellt und setzte sich daneben. Nur kurze Zeit ruhte sie sich aus, dann flüchtete sie vor dem Lärm, dem Gestank der Abgase und den Ameisen im harten Gras. Uta ging in Richtung des Pazifischen Ozeans, den sie trotz der Auspuffgase auf der Avenida riechen, ja schmecken konnte.

Sie stand in Miraflores am Abbruch, da wo Lima zu Ende war und der Stille Ozean sich ausbreitete, in einen ewigen Himmel hinein. Unter ihr lag der Strand, es waren kaum Menschen da. Ein ungesicherter Pfad führte im steilen Zickzack nach unten. Cuidado! Vorsicht schreiend, weil sich unter ihren Füßen Steine lösten und auf den Strand prasselten, rannte Uta immer schneller werdend den Steig hinunter, ihre Tasche klopfte rhythmisch gegen ihren Rücken. Lachend erreichte sie den Strand, die Bauchschmerzen hatte sie vergessen.

In der Ferne, am Wasser sah sie ein nacktes weizenblondes Kind neben einer schwarzhaarigen Frau sitzen. Und geradewegs vor ihr, kaum zwanzig Schritte entfernt, stand ein junger Neger mit seinem Handkarren und verkaufte Eis und Säfte. Uta ließ ihre Tasche in den Sand gleiten und ging zum Stand. Man konnte zwischen dem Saft von frisch ausgepreßten Orangen und Limonen oder Donofrio-Eis wählen. Uta wünschte beides, erst trank sie den Orangensaft aus einem Glas, das der sie blitzend und funkelnd anlachende junge Mann aus einem mit Wasser gefüllten Eimer geholt hatte. Das leere Glas legte er dann in den Wassereimer zurück. Den ganzen Tag, so lange bis der Berg von Orangen ausgepreßt war, würde er das so machen. Uta dachte besser nicht an mögliche Bakterien und Viren, die sie mittrank – sie war nicht ängstlich. Sie kaufte noch einen wäßrigen Eiskubus am Stiel, den der immer noch lachende Verkäufer aus einem mit Styropor ausgeschlagenen Holzkasten hervorholte.

Während Uta ihn beobachtete, kam ihr in den Sinn, daß die schwarzhäutigen Menschen keinen Anlaß benötigen, um zu lachen und sich ihres Lebens zu freuen!

Schmatzend und schleckend ging Uta automatisch

in die Nähe der einzigen Menschen an diesem Strandabschnitt.

Der weizenblonde Junge wandte sein Gesicht der näherkommenden Frau zu und sagte laut zu seiner Mutter:

»Ich will auch ein Eis!«

Auf deutsch sagte er das.

In diesem Moment bestürmten Uta tausenderlei Erinnerungen. Sie dachte an Margareta, sah sie umringt von ihren drei Kindern und dem Hund, sah sie zerbrechlich und doch stark Milcheimer über den Hof schleppen – so wie Uta sie jedes Mal angetroffen hatte. Ein Gefühl von Sinnlosigkeit und Schwermut machte sich in Uta breit.

Die fremde Frau drehte sich nach ihr um. Uta sah in ein teigweiches Gesicht mit einer strengen, senkrechten Falte zwischen dunklen, weit auseinanderliegenden Augen.

Uta ließ sich neben dem kleinen Jungen in den heißen Sand fallen. Sofort spürte sie die instinktive Verteidigungshaltung der jungen Mutter, so als wäre Uta ein Feind, vor dem sie ihren Nachwuchs schützen müßte.

Das weizenblonde Kind erhob sich und tapperte unsicher im Sand auf Uta zu, fiel hin und hielt sich an Utas Schulter fest. Augenblicklich entspannte sich die Mutter, ihre Stirnfalte glättete sich, sie lächelte Uta entschuldigend an und stellte sich vor.

Sie hieß Urda und war vor kurzem aus einer deutschen Kleinstadt in Lima angekommen. Ihr Mann arbeitete für einen Multi. Sie wirkte couragiert und mutlos zugleich, und Uta konnte sich sehr gut vorstellen, wie ihr Mann, ganz gleich ob in Gütersloh, Leverkusen oder Lima, immer sein identisches, sauber strukturiertes Arbeitsleben führte, unterstützt und getragen von einer Sekretärin und der Firma, während seine Frau und sein Kind sich in dem Chaos einer Sechs-Millionen-Metropole zurechtfinden mußten.

»Wir verdursten, wir haben keine Flaschen!« klagte Urda.

Uta wußte aus eigener Erfahrung, was das bedeutete. Die Männer hatten keine Ahnung vom täglichen Alltagskampf. In Peru konnte man keine Flasche irgendeines Getränkes kaufen, ohne dafür eine leere Flasche abzugeben. Flasche gegen Flasche – ein anderes Pfand gab es nicht. Woher sollte Urda aber eine Flasche nehmen! Für jeden Schluck mußte sie mit ihrem Kleinkind in ein Café oder Restaurant gehen.

»Kommt, wir gehen Flaschen klauen!« schlug Uta vor und stand sofort auf.

»Mami, dürfen wir denn klauen?«

Der weizenblonde Junge hüpfte vor lauter Aufregung von einem Fuß auf den anderen. Urda stand auch auf, packte ihre Strandsachen und die Decke in eine Badetasche und nahm ihren Sohn an die Hand. Mit seiner freien Hand griff der kleine Junge nach Utas Hand. So gingen die beiden Frauen, die sich bis vor kurzem noch nicht gekannt hatten, mit dem Kind in ihrer Mitte auf den steilen Pfad zu.

»Glück?« dachte Uta, »so ein Kind ist Glück!«

Und wie so viele Menschen schämte sie sich dieses banalen Gedankens wegen.

15

Vierzehn Tage blieb Uta in Lima, und in dieser Zeit ihrer Abwesenheit änderte Titus nichts an seinem Tagesablauf. Morgens stand er früh auf, nahm sich Zeit für ein reichliches Frühstück, mittags aß er eine Schüssel süßscharfer Suppe in einer Chifa an der Ecke der Plaza und abends wärmte er das peruanische Gericht auf, das Teresa für ihn gekocht hatte.

Das Heimkommen in die Dunkelheit des Hauses berührte ihn unangenehm. Er vermißte das sanft flackernde Petroleumlicht im Innern des Hauses, wenn er das schwere Holztor öffnete und er vermißte Utas schmale Gestalt, die ihm entgegeneilte. Er ging jetzt früh ins Bett.

Nachts, nach dem ersten Tiefschlaf wachte er unruhig auf, ihm war heiß, viel zu heiß, sein Atem ging schneller und seine Augenlider flatterten nervös. Er lag nackt ohne Zudecke, da war nichts mehr was er hätte abwerfen können. Die Hitze in seinem Körper steigerte sich noch, und, wenn er es nicht mehr aushielt, ging er unter die kalte Dusche.

Daß eines Nachts der Pflanzgarten von San Ramón verwüstet und beschädigt worden war, kreidete Titus der Abwesenheit von Uta an, als hätte sie Schuld daran, daß der Schutzmantel des Glücks von ihm genommen schien. Es war gar nicht sicher, daß die Terroristen in den Pflanzgarten eingedrungen waren, die Saatbeete zertrampelt, Jungpflanzen ausgerissen und den Geräteschuppen geplündert hatten. Ebensogut wäre die Tat mißgünstigen Bauern oder Sägewerksbesitzern zuzutrauen gewesen. Die Militärs, die den Spuren der Verwüstung nachgingen, fanden keine Hinweise auf die Täter. Für Titus aber, schien es klar, daß die Gruppe des Leuchtenden Pfades nun auch ihr Tal infiltrierte und mit Aktionen auf sich aufmerksam machte. Den Pflanzgarten, sein Meisterwerk zu verwüsten, empfand Titus wie die Zerstörung seines eigenen Lebens. Er würde sich wehren, bis zuletzt würde er sich gegen die Barbarei wehren!

Ein paar Tage später saß er in der Badehose am Eßtisch, die Türen zum Garten und auf die Terrasse waren geschlossen, das Zeichen für Teresa und Clemente, daß sie nicht erwünscht waren. Titus wollte nicht gestört werden.

Auf dem Tisch hatte er Zeitungspapier ausgebreitet und darauf lagen drei Gewehre. Ohne Schwierigkeiten und ohne irgend etwas erklären zu müssen, hatte er gestern die Gewehre vom Verwalter einer Mine, oben in den Bergen gekauft, dazu eine Kiste voll Munition. Das Dynamit, das der Mann ihm ebenfalls zum Kauf angeboten hatte, schlug er aus, denn vor Dynamit, vor einer plötzlichen, vorzeitigen Explosion fürchtete sich Titus. Nun besaß er drei Gewehre und seinen Trommelrevolver, den er mit ins Land gebracht hatte.

Die warme Luft staute sich im Haus, Titus schwitzte.

Sorgfältig verschmierte und verrieb er mit seinen bloßen Händen auf den Metallteilen der Waffen das zähflüssige Ballistol-Öl und er genoß das Gefühl in seinen Fingerkuppen, die über das eingeölte, leicht klebrige Metall glitten und kreisten.

Schweißtropfen bildeten sich in der Kuhle seines Brustbeins und tropften auf die Zeitung. Titus Körper hatte sich in den letzten Jahren verändert, erst unmerklich, doch seit sie in Peru lebten, wurde sein Fettansatz immer deutlicher. Seine früher knochige Gestalt bekam kräftige Formen und seine Haut wurde dunkler. Uta meinte, er würde äußerlich Raúl ähnlich.

Die Gewehre waren in Ordnung. Er legte die Kugeln ein. Endlich öffnete Titus die Haus- und Küchentür und ließ den Wind durchs Haus ziehen, mit den Gewehren ging er in den Garten. Er schaute sich um, auf was er schießen könnte und erschrak. Das letzte Mal, erinnerte sich Titus, als in diesem Garten geschossen wurde, hatte es drei Tote gegeben. Instinktiv wollte er lieber nicht die Gewehre ausprobieren, sondern nach draußen ins Dickicht des Flußufers gehen.

Er besann sich, meinte, daß das eine Schwäche sei und daß Gefühle niemals seine Handlungen bestimmen dürften. Er schoß gut und genau – was könnte also passieren?

Er schaute sich im großen Gartengelände um. Hinter dem Haus zog sich ein steiler, dichtbewaldeter Bergrücken in Richtung Tirol. Im Wald gab es Papageien, Rebhühner, Pakas, Ameisenbären und natürlich auch Pumas, aber die würde er bei Tageslicht nicht zu Gesicht bekommen. Ein einzelner, hoher Baum mit fingerartig gespreizten Ästen stand in einer Ecke des Gartens, und der Blick von Titus fiel auf die großen, beutelartigen Nester der Webervögel, die an langen Seilen an den Ästen hingen und im Wind hin- und herschaukelten. In diesem Moment erinnerte er sich daran, daß Uta die Webervögel wegen ihrer klobigen Faschingsnasen »die Narrenvögel« getauft hatte. An ihnen wollte er die Gewehre ausprobieren.

Er zielte auf die Nester, man hörte einen Knall, dann noch einen Knall und wieder einen. Nacheinander sausten drei Nester kerzengerade in die Tiefe. Mit jeweils nur einem Schuß hatte Titus die Seile durchschossen.

Er war mit den Gewehren, die er gekauft hatte, zufrieden.

Noch bevor Titus anordnete, die Pflanzgartenbeete wieder instandzusetzen und neue Samen zu säen, begann er damit, eine Nachtwache zu organisieren. Er stellte einen Monatsplan auf, trug Namen von Projektmitarbeitern, deren Angehörigen und Freunden ein. Auch sich selbst und den Gärtner Clemente teilte er für den Nachtdienst ein.

Raúl hatte Bedenken als er davon erfuhr, er fand die nächtlichen Kontrollgänge zu gefährlich.

»Wir sind doch einer im Guerrillakampf ausgebildeten Truppe nicht gewachsen!«

»Willst du zuschauen und warten, bis alles zerstört ist? Es ist doch dein Land, das kaputtgeht! Willst du das?«

»Natürlich nicht! Aber auch diese böse Zeit wird vorübergehen.«

»Mit eurer verdammten stoischen Gleichgültigkeit kann man keinen Kampf gewinnen!«

»Wir sind nicht gleichgültig.«

»Was dann?«

»Ich glaube, in der Bibel steht, kein Blatt fällt vom Baum, wenn es Gott nicht will – oder so ähnlich. Auf jeden Fall heißt das, solange Gott nicht will, rührt sich seine Hand nicht. Die Griechen nannten das übrigens ›kairos‹.

»Ich kann nicht warten, bis Gott seine Hände für euch rührt!«

Auch Major Ramírez, den Titus um Hilfe bat, wollte das Projekt nicht mit seinen Soldaten unterstützen. Titus führte eine hitzige Diskussion, der Major blieb militärisch kühl. Zum Zeitpunkt dieses Gesprächs war Major Ramírez bereits unterrichtet, daß der Ausnahmezustand über einige Provinzen des Landes, darunter das Gebiet der Selva Central, verhängt werden sollte. Unter der Ausgangssperre verbot sich für Zivilisten jede nächtliche Aktivität. Dem deutschen Projektleiter vertraute er nichts von seinem Wissen an.

Den ersten nächtlichen Kontrollgang im Pflanzgarten von San Ramón wollte Titus selbst zusammen mit Clemente machen. Am Abend wartete er im Auto zur verabredeten Zeit auf Clemente. Er hupte, doch der Gärtner kam nicht aus seiner Hütte, und Titus nahm an, daß er bereits im Pflanzgarten auf den ›Jefe‹ wartete. Er fuhr alleine los. Auf dem Pflanzgartengelände traf er keinen Menschen an. Friedlich und ordentlich lagen die langen Beetreihen vor ihm, beschienen von einem mit rasenden Wolken kämpfenden Mond.

Titus hängte sich die beiden Gewehre über die Schulter und begann seinen Patrouillengang. Runde um Runde, Stunde um Stunde brachte er so hinter sich. Die aufkommende Müdigkeit bekämpfte er anfangs mit tiefen Atemzügen, danach hielt er sich wach, indem er seine Schritte zählte, Zahlenreihen addierte und mit imaginären Partnern Fachgespräche führte. Gegen drei Uhr beschloß Titus seine Nachtwache im Sitzen fortzusetzen. Unter einem Orangenbaum, der ihm freie Sicht auf den Zufahrtsweg und die gesamte Fläche des Pflanzgartens und noch dazu auch Schutz gewährte, setzte er sich ins Gras. An den Baum gelehnt entspannte er sich, seine Aufmerksamkeit ließ nach, er schlief ein.

Im ersten Morgenlicht erwachte Titus und kehrte nach Hause zurück. Auf der Hazienda, im Garten war noch alles ruhig, weder Clemente, noch Teresa, noch ihre Kinder, die sonst mit den ersten Sonnenstrahlen aufstanden, zeigten sich an diesem Morgen. Titus beschloß, die Indianerfamilie zum ersten Mal in ihrer Hütte aufzusuchen.

Ein Vorhang hing vor dem Hütteneingang. Zögerlich raffte er den Stoff in Augenhöhe ein wenig beiseite: er sah einen dämmrigen Raum ohne Fenster. Durch die Bretterritzen drang tanzendes Licht. An der linken Wand stand ein eisernes Bettgestell auf hohen Füßen. Noch bevor Titus auf die Menschen blickte, erfaßte er mit einem schnellen Blick alle Möbel und Gegenstände in der Hütte. Er sah Bettwäsche, Teller, Töpfe, Tassen, Hemden, Hosen, die alle einstmals ihnen gehört hatten und die Uta, ohne sein Wissen, verschenkt hatte.

Vater, Mutter und die vier Kinder lagen eng aneinandergeschmiegt in dem einzigen Bett. Die Wärme dieses Anblicks rührte Titus, unwillkürlich hustete er.

Clemente öffnete seine Augen, sah den Señor und stand, sich vorsichtig aus dem Familiennest lösend, auf. Er trug den weinroten Schlafanzug von Titus.

Verwirrt fragte Titus:

»Wo steckst du, warum bist du heute Nacht nicht zur Wache gekommen?«

»Teresa ist krank. Sie hat schlimme Bauchschmerzen«, flüsterte Clemente zurück.

»Ach so«, gab Titus einsilbig zur Antwort, zuckte mit den Schultern, drehte sich um und ging auf sein Haus zu.

Krankheit, schon der Gedanke an Krankheit irritierte und schwächte Titus. Es war ein Zustand, in den er aktiv nicht eingreifen und ihn regulieren konnte. Wenn er darüber nachdachte, verzweifelte er. Krankheit war sinnlos, lähmte und zeigte ihm, daß jedes Leben in sich Verfall und Tod trug. Wie konnte er etwas schaffen und vorwärtsbringen, wenn er um die Vernichtung und das Ende wußte? Auch das, was die Menschen schufen, die gepflanzten Wälder, Baudenkmäler, ganze Städte konnten zerstört werden.

Titus verbot sich diese Gedanken, die ihn, wenn er ihnen nachgab, in eine tiefe Apathie ziehen würden. Instinktiv hielt er sich von kranken Menschen fern, um sich selbst zu schützen.

Einen Tag bevor der Ausnahmezustand verhängt wurde, was komplizierte Reise- und Passierscheinanträge nach sich zog, kehrte Uta ins Tal zurück. Die zehnstündige Fahrt im heißen, überfüllten Kollektiv-Taxi überstand sie mit innerer Ruhe. Nichts konnte sie jetzt, nachdem sie die Tollwut-Spritzenkur überstanden hatte, aus der Ruhe bringen. Belustigt sah sie auf die Indios, die sofort einschliefen, wenn die Räder rollten und der weich gefederte Dodge schaukelte. Auf dem Dach des Taxi reisten in grobe Jutesäcke eingenähte Gepäckballen und zusammengeschnürtes Federvieh.

Kurz vor Einbruch der Dunkelheit kam sie auf der Plaza von San Ramón an.

»Da bist du ja endlich!«. Titus erwartete sie schon und begann fast überschäumend von allen Ereignissen während ihrer Abwesenheit zu erzählen: von dem Überfall auf den Pflanzgarten, die Verwüstungen, den nächtlichen Patrouillengängen und natürlich von Teresas geheimnisvoller Krankheit.

»Du warst fort und sogleich hat sich alles zum Schlechten verändert. Sogar unsere Hausgeister lärmten jede Nacht, als ob sie dich suchen würden.«

Er drückte Uta fest an sich. Auch Uta war glücklich, wieder zu Hause zu sein.

Am nächsten Morgen, Titus und Clemente gingen bereits ihrer Arbeit außerhalb der Hazienda nach, schaute Uta in die Hütte von Teresa. Pablito und Ovidio, die beiden Ältesten, waren mit Titus zur Schule ins Dorf gefahren, nur die zwei kleinen Mädchen befanden sich bei ihrer Mutter zu Hause, lagen eng an die fiebernde Teresa gedrängt im Bett. Pergamentdünn lag eine aschige Haut auf den schönen Gesichtszügen der Indianerin, und Uta erfaßte sofort, daß Teresa viel Blut verloren haben mußte. Instinktiv fragte sie:

»Hast du abgetrieben? Du mußt sofort ins Krankenhaus!«

Teresa nickte und schaute Uta mit ihren schwarzen, jetzt in tiefen Höhlen liegenden Augen an. Uta streichelte über die Köpfe der Mädchen und schärfte ihnen ein, im Bett zu bleiben, bis sie wiederkäme. Sie war sich sicher, daß die folgsamen Indianerkinder sich nicht von der Stelle rühren würden. Wie Püppchen verharrten sie auf dem Bett sitzend und verfolgten mit ausdruckslosen Gesichtern Uta, die ihrer Mutter beim Anziehen half. Auch als ihre Mutter, von der weißen Frau gestützt, aus der Hütte verschwand, blieb der Ausdruck ihrer Gesichter reglos.

Im Auto stellte sich für Uta die Frage, wohin sie die Schwerkranke bringen sollte. Das nächste Krankenhaus war achtzig Kilometer entfernt, die anstrengende Fahrt würde Teresa nicht überstehen, und im Dorf blieb die Sanitätsstation bis zum Monatsende geschlossen, denn nur an den letzten beiden Tagen eines Monats kam ein Arzt des Staatlichen Gesundheitsdienstes, um Kranke zu behandeln. Erst in zehn Tagen würde ein Arzt zur Verfügung stehen, rechnete sich Uta aus. Ihr fielen die Nonnen im Nachbarort ein. Sie lebten dort in einem katholischen Kloster und leiteten eine Mädchenschule mit einem kleinen Internat. Dorthin wollte sie Teresa bringen, eine der Nonnen war vielleicht in Krankenpflege ausgebildet.

Uta zog an der Glocke. Die niedrige Pforte in der hohen Mauer öffnete sich und sie wurde in einen palmenbestandenen Patio eingelassen. Gemessenen Schrittes, mit dem Kopf nickend und ihre Lippen still bewegend, sah sie drei Nonnen im Patio spazierengehen. Im ersten Moment war Uta von dieser anderen, heilen Welt verzaubert, bis ihr Teresa einfiel. Sie sprach eine der Nonnen an. Von weither, aus ihrer kontemplativen Versenkung, holte Uta die freundlich lächelnde Nonne in die Gegenwart zurück und schilderte ihr den Zustand der kranken Indianerin.

»Hat sie abgetrieben?« fragte die Nonne streng.

»Das ist nicht das Problem! Sie stirbt und hat vier kleine Kinder zu Hause«, entgegnete Uta schroff.

»Wir können nicht jemanden helfen, der sich gegen Gott und die Schöpfung versündigt hat.«

Das war die definitive Antwort der Nonne, sie nahm ihren kontemplativen Spaziergang wieder auf.

»Das ist kein Grund, daß Sie sich auch gegen die Schöpfung versündigen. Eine Indianerin ist auch eine Schöpfung Gottes!« Uta brüllte es der Nonne nach, die jedoch keine Regung zeigte.

Sie verließ die heile Welt des Klostergartens, ging zum Jeep zurück und sagte entschlossen zu Teresa:

»Zeig mir den Weg zum Zauberer!«

16

Eines nachts, als Raúl am Wochenende seine Eltern in Palca besuchte, erschienen zwei junge Männer vor seinem Elternhaus. Sie klopften an sein Fenster. Raúl öffnete sofort das Fenster und erkannte Lino und Gustavo, zwei Studenten mit denen er vor Jahren an der Universität San Marcos in mehreren maoistischen und marxistischen Gremien und Fachgruppen für eine neue Gesellschaftsordnung in Lateinamerika diskutiert hatte.

Er ahnte bereits, daß seine ehemaligen Kommilitonen beim ›Leuchtenden Pfad‹ gelandet waren.

Raúl stand am offenen Fenster und hörte dem zwingenden Flüstern von Lino zu, der das Wort führte. Er nickte, flüsterte »sí sí sí« und dachte daran, die beiden loszuwerden, bevor der Hund bellte und seine Eltern erwachten. Er merkte sich, daß die Gruppe ihn am kommenden Freitag, abends gegen zehn Uhr, erwartete. Der Treffpunkt würde eine Bodega in einem kleinen Dorf in den karstigen Bergen von Cerro de Pasco sein. In dem Laden sollte er nach sieben Flaschen Inca-Cola fragen und eine davon im Laden austrinken. Jemand von der Gruppe würde ihn dann abholen kommen.

»Sí sí sí«, Raúl schloß sein Fenster. Seine kurze, maoistische Vergangenheit hatte ihn eingeholt. Die Gruppe forderte seine Solidarität, obwohl er heute, auch durch Gespräche mit Titus beeinflußt, nicht mehr zu den destruktiven Zielen der Bewegung – erst Zerstörung, dann Aufbau – stand. Niemals würde er seine Hand gegen einen Menschen, ein Tier, gegen die Natur erheben, so wie es der ›Leuchtende Pfad‹ forderte.

Wie sollte Raúl sich jetzt verhalten? Wie alle Indianer war er unendlich geduldig und glaubte an das Eingreifen einer höheren Ordnung. Eine höhere Macht war es, die ihn führte, sein Leben bestimmte, seinen Bahnen Richtung und Ordnung gab. Eine höhere Macht hatte ihm auch, wie der Schamane von Palca Raúl eines Tages offenbarte, ein Rebhuhn zu seinem ›Amo‹ bestimmt.

Und lange bevor er es erfuhr, hatte ihm seine Großmutter das ›Märchen vom Rebhuhn‹ erzählt, das sein Lieblingsmärchen wurde. Immer und immer wieder ließ er es sich erzählen, und heute noch konnte er es auswendig:

Ein junger, elternloser Mann, der mit seiner Großmutter zusammenlebt, weidet gerade seine Lamas, als er ein fülliges, junges Mädchen auf einer Bergweide sitzen sieht. In Wahrheit ist sie kein Mensch, sondern ein verwandeltes Rebhuhn, das einen Ehemann zu gewinnen trachtet. Die jungen Leute treffen einander von da an täglich, reden und scherzen miteinander und verlieben sich. Sie versprechen sich die Ehe, und das junge Mädchen zieht in sein Zimmer im Haus der Großmutter ein. Als eines Tages die Großmutter das Zimmer des Enkels betritt, während dieser auf der Weide ist, sieht sie in der Ecke ein Rebhuhn sitzen. Sie glaubt, daß der Enkel das Rebhuhn für das Nachtmahl gefangen hat, schlachtet es also, rupft und brät es. Als ihr Enkel heimkommt, findet er seine Geliebte nicht vor und ist traurig. Die Großmutter ruft ihn zum Essen und er ißt gedankenverloren das gute Gericht. Zum Schluß fragt er: »Großmutter, was war das für ein zartes Fleisch?« Und die Großmutter antwortet:

»Aber Söhnchen, das war doch das Rebhuhn, das du uns mitgebracht hast!« Da ahnt der junge Mann, daß er soeben seine Geliebte verspeist hat. Er sammelt alle Knochen und Knöchelchen von den Tellern und steckt sie traurig in seine Taschen. Die Knochen der Liebsten beginnen zu ihm zu sprechen und ihn anzuklagen: »Du hast meinen Tod verursacht, mich schlachten lassen! Du hattest kein Gefühl der Liebe für mich, ein verfluchter Teufel bist du!« Der junge Mann kann nicht aufhören, um seine Liebste zu trauern. Er schnitzt aus einem ihrer Knochen eine Flöte und spielt auf ihr die wunderschönsten Töne und Weisen.

Es heißt, daß seit dem Tod der jungen Rebhuhnfrau die Vögel weinen und die Menschen verfluchen, die ihrer Vogelbrut nachstellen. Man sagt, keiner darf den Vögeln etwas zuleide tun, sonst stürzt man sich selbst ins Unglück.

Früher hatte Raúl eine Quena-Flöte besessen, die ihn an den Nachmittagen auf der Schafweide überallhin begleitete. Oft hatte er sich einen erhöhten Fels als Sitzplatz gesucht und von dort oben seine Quena ins Palca-Tal jubilieren lassen. Als Junge hatte er seiner Flöte die schönsten und sanftesten Töne entlockt, auch deshalb, weil er glaubte, die tote Rebhuhnfrau in Händen zu halten.

Raúl suchte seine Quena. Irgendwo hier in seinem

Zimmer mußte er sie aufbewahrt haben. Er fand sie bald in einem Bata-Schuhkarton, zusammen mit einer Sammlung von farbigen und grotesk geformten Steinen und petrifiziertem Holz.

Er nahm sie heraus, rieb sie lange zwischen seinen Handflächen, stellte sich ans offene Fenster und leise und klagend – er hatte das Spielen nicht verlernt – ließ er die Melodien, die auf seiner Seele drückten, in die dünne Luft des Altiplanos steigen.

Im Westen lag der tote Mond am Himmel, bald würde er von der südlichen Erdhälfte fallen und in der nördlichen aufgehen. Raúl sah dem Mond nach, der zur gleichen Zeit verschwinden und erscheinen konnte.

Hier in Palca begann ein neuer Tag. Raúl legte seine Quena in den Schuhkarton zurück und ging zum Hofbrunnen, um sich zu waschen. Zu einer Entscheidung war er in dieser Nacht nicht gekommen, er suchte sie auch nicht mehr. In der entscheidenden Begegnung mit den Senderistas würde er auf die höhere Macht vertrauen.

Uta war ohne Teresa zur Hazienda zurückgekehrt. Einen kurzen, pfeilschnellen Blick hatte der alte Zauberer auf Teresa geworfen und dann zu Uta gesagt, daß er die Kranke dabehalten würde. In drei Tagen solle sie Teresa wieder abholen. Mehr hatte der Zauberer nicht gesagt. Er ließ Uta mit ihren neugierigen Fragen stehen und führte Teresa in seine Hütte.

»Was machst du mit ihr, wie heilst du sie?« rief sie ihm nach.

Da drehte sich der Zauberer um, warf ihr einen Blick zu, einen dieser pfeilschnellen, scharfen Blicke. Das war seine Antwort.

Nach drei Tagen, kurz vor Einbruch der tropischen Dunkelheit, erschien Uta wieder vor der Hütte des Zauberers. Die niedrige und schlampig zusammengezimmerte Bretterbehausung lag hinter hohen Bananenstauden versteckt. Von der Fahrstraße aus sah man nur blaßblauen Rauch aufsteigen, der aus allen Ritzen der Hütte quoll. Hühner und ein Schwein flohen vor Uta. Teresa und der alte Schamane saßen schweigend nebeneinander auf der Türschwelle, die ein wenig erhöht aus dem gestampften Boden ragte. Teresa lächelte Uta entgegen und begrüßte sie:

»Mir geht's gut, Señora, ich freue mich auf zu Hause.«

Sie stand auf. Uta sah die vorsichtigen Schritte ihrer steifen Beine, die kaum das Gewicht von Teresas Körper und ihres langen Rockes trugen.

Uta wandte sich an den Zauberer.

»Was schulde ich dir?«

»Fünftausend.«

»Das ist viel«, dachte Uta, »dafür kann er sich einen Truthahn oder drei Küken kaufen.«

Sie zahlte.

»Mögest du beschützt sein, Clarita!«

Zum ersten Mal sagte jemand in diesem Land nicht Gringuita, kleine Fremde, zu ihr, sondern kleine Weiße. Oder kleine Helle, kleine Klare? Was meinte er?

Mühsam bestieg Teresa den hohen Jeep. Langsam, die tiefen Bodenwellen und Löcher auf der zerfurchten Erdstraße vermeidend, fuhr Uta nach Hause. Die ganze Fahrt über schwieg Teresa, stumm vor Schwäche, und klammerte sich mit beiden Händen an den Griff am Armaturenbrett. Sie saß auf der äußersten Kante des Beifahrersitzes.

Als Uta in den schmalen Weg, der zur Hazienda

Jesús María führte, einbog, kam ihr die Idee, Teresa noch ein paar Tage in ihrem Gästezimmer ausruhen zu lassen und sie zu bedienen. Sie stellte sich vor, wie es sein würde, wenn die Mutter nach Hause zurückkehrte: auf den Beinen sein, Essen kochen, Windeln waschen, streicheln, wiegen, tragen, erzählen, zuhören. Dazu braucht sie vitale Kräfte.

Titus litt bei der Vorstellung der kranken Teresa im Gästezimmer. Er hatte darum gebeten, die Türe geschlossen zu halten, solange er im Hause war, doch allein das Wissen und die Vorstellung von Krankheit hinter der geschlossenen Tür zerrte an seinen Nerven.

Und als Uta in ihrem leichten, lustigen Ton zu Titus sagte: »Stell dich nicht so an«, da kam es zu einer denkwürdigen Explosion in ihm. Die Spannung der drei schweren letzten Jahre entzündete sich durch einen harmlosen Funken. Er schrie:

»Mach es mir nicht noch schwerer! Du kannst nicht jedem Einzelnen helfen, wann begreifst du das! Es nützt gar nichts mit gutem Beispiel voranzugehen. Oben, ganz oben mußt du etwas ändern!«

»Ich kann vor dem Elend in der Dritten Welt nicht die Augen zumachen.«

»Dann lerne es! Mit deinem Mitleid erreichst du nichts, du verlängerst nur das Leid.«

»Du hast kein Gefühl!«

»Vielleicht verschwende ich nicht so viel Gefühl für das Detail, sondern sorge mich um das Ganze. Ich brauche deine Hilfe dazu.«

Den letzten Satz hatte Titus ganz leise gesagt, Uta verstand ihn dennoch. Sie schwieg. Sie hatte begriffen, daß die Anschläge, der Tod in Oxapampa, die Verwüstungen, die nächtlichen Gespenster nicht spurlos an Titus vorbeigegangen waren.

Es war Samstag Abend als der Streit ausbrach, und sie waren gerade dabei, sich für ein Fest umzuziehen. Hastig nestelte Uta an ihrer Kleidung herum und vergaß, den Reißverschluß ihres Rockes hochzuziehen. Auch Titus verknöpfte sich an seinem weißen Hemd. Gleichzeitig waren sie fertig und ohne ein Wort verließen sie das Haus.

Sie fuhren im Jeep nach Playa Hermosa zu Salinas, einem jungen Arbeiter aus dem Pflanzgarten, den jeder nur bei seinem Nachnamen nannte. Salinas feierte heute seine Hochzeit und gleichzeitig den Rohbau seines Hauses. Noch wohnte er mit seiner sechzehnjährigen schwangeren Frau in einer Bretterhütte am Fluß, doch daneben stand schon das aus Ziegelsteinen errichtete neue Haus, das er selbst mit Hilfe von Verwandten und Freunden erbaut hatte. Vor allem aber mit der finanziellen Hilfe von Titus und Uta, die die Kosten für Ziegelsteine und das gesamte Baumaterial übernommen hatten.

Das Fest fand unter freiem Himmel statt. Zwischen den ausladenden Uferbäumen hatte man das Gelände, in dem sich tagsüber Schweine, Hühner, Truthühner und Enten aufhielten, gesäubert und den Boden glatt gerecht. Eine lange Tafel aus mehreren zusammengerückten Tischen war festlich gedeckt. Matt emaillierte Blechteller, stumpfes Blechbesteck, das sich beim Fleisch schneiden verbog oder abbrach und gelbe, warzige Wassergläser standen, liebevoll in rotviolettfarbene Bougainvillea-Blüten eingebettet, in langen Reihen auf dem blanken Holz.

Ein schwacher schwefelgelber Lichtschein, der von

mehreren aufgehängten Petroleumlampen ausging, erhellte notdürftig die Hochzeitstafel. Doch zwei, drei Schritte vom Tisch entfernt tauchte man in die pechschwarze Nacht, in der allein Ohren und Nase Orientierung gaben.

Bis zur Fahrstraße hinauf, wo Titus den Jeep parkte, scholl erwartungsfrohes Lachen, Stimmengewirr und vereinzelte Gitarren- und Charangoklänge. Schweigend gingen Uta und Titus hintereinander den schmalen, dunklen Pfad zum Festplatz. Seit dem Streit hatten sie noch kein Wort miteinander gewechselt.

Das schwache Licht erfaßte sie, und schon kamen Salinas und alle Anwesenden auf die deutschen Ehrengäste zu und umarmten sie herzlich. Titus stand wie üblich steif da, ließ die Umarmungen über sich ergehen und beugte sich keinem Gesicht entgegen. Er mochte das nicht, in seiner Heimat reichte man die Hand und nicht die Backe. Er sah wie Uta, leicht und anschmiegsam, sich jeder Wange näherte, sie küßte. Ihr Gesicht strahlte. Einmal hatte sie Titus anvertraut, welche Empfindungen sie beim Aneinanderlegen der Wangen verspürte. Sie hatte gesagt, es gäbe die unterschiedlichsten Wangen, heiße, eisige, feste, zarte, aufnehmende und abstoßende; auch Freude und Zorn könne sie an der Wange fühlen. Und immer bekäme sie den Geruch des Menschen in die Nase, der von dem ganz persönlichen Duftkreisel ausgehe, der sich zwischen Ohr, Nacken und Haaransatz befände. Damals hatte Uta verschwiegen, daß es Männerwangen gab, die sie taumeln ließen, sie für den Bruchteil einer Sekunde töteten.

Die Hochzeitsgesellschaft stand mit Gläsern voll wäßrigem Cristal-Bier um das Erdgrab herum, in dem die Pachamanca schmorte. Der schon ein wenig angetrunkene Salinas hielt eine Ansprache; Begrüßung und Dank zugleich, die in erster Linie Titus und der Señora galt. Titus schloß dabei seine Augen, er hörte nur auf Salinas Worte. Anerkennend dachte er, wie in diesem Land sogar die einfachsten Menschen ein Talent als Redner besaßen. Jeder der Anwesenden hätte aus dem Stegreif eine wohlformulierte Rede halten können.

Aus der Erde stieg ein wunderbarer Essensduft und zeigte an, daß das Fleisch gar wurde. Die Pachamanca ist eine alte, traditionelle Art der Speisenzubereitung. Ein tiefes Erdloch wird ausgehoben und mit großen, glatten, im Feuer erhitzten Steinen gefüllt. Darauf legt man das gewürzte und in Bananenblätter eingewickelte Fleisch, zum Beispiel große Rindfleischstücke, ganze Hähnchen, Schweinehaxen. Darüber werden Lagen aus Kartoffeln, Yuca und Maiskolben geschichtet und das Grab mit Zweigen und Bananenblättern abgedeckt. Zum Schluß schüttet man die ausgehobene Erde darüber. Ein Grabhügel entsteht. Das beerdigte Essen verbleibt einen halben Tag im Grab.

Jetzt war der Moment der Graböffnung gekommen. Alle Gäste umringten dicht aneinandergedrängt die Pachamanca und kommentierten und begrüßten die duftenden Schwaden, die dem Erdreich entstiegen. Auch Raúl schlenderte heran und stellte sich hinter Uta. Mit einer schnellen Handbewegung schloß er den Reißverschluß ihres Rockes, nahm sie dann an der Hand und zog sie zur Tafel. Er wolle neben ihr sitzen und ihr ein indianisches Märchen von der Rebhuhnfrau erzählen, sagte er.

Am Mittag war Raúl vom Altiplano nach San Ramón zurückgekommen. Im Ohr hatte er immer noch Fetzen der hitzigen nächtlichen Diskussion, die in einem unscheinbaren Adobehaus in den Bergen von Cerro de Pasco stattgefunden hatte. Der schmächtige Lino hatte Raúl im Dorfladen abgeholt und ihn mit verbundenen Augen zum Haus gefahren. Drei Männer zwischen 25 und 35 Jahren erwarteten ihn, stellten sich ihm aber nicht vor. Es folgte eine lange, ermüdende Rede – wie auf einem kommunistischen Parteitag, schoß es Raúl durch den Kopf – in der in blumigen Phrasen die Ziele der Weltrevolution vor Raúl ausgebreitet wurden. Immer und immer wieder prägte er sich ein: »Ich darf keine Zugeständnisse machen, um früher von hier fortzukommen, dann haben sie mich in der Hand, dann bin ich erpreßbar!« Seine Rettung war seine unerschütterliche Geduld und stoische Ruhe. Er wich nicht davon ab:

»Ich glaube an das Gut unserer Ahnen. Ich werde die Natur, den Menschen, die Schöpfung heilig halten.«

»Du hast in den ›Roten Studentenfraktionen‹ mitgemacht, du gehörst zu uns!«

»Vor zehn Jahren habe ich mich für alles interessiert; jetzt habe ich meinen Standpunkt, von dem ich nicht abrücke: ich zerstöre nicht, ich rette.«

»Die Weltrevolution muß erst zerstören, um dann das Neue, Gute, Rettende auf den alten Trümmern zu erbauen.«

»Ich morde nicht, ich zerstöre nicht, ich bin kein Terrorist.«

Quälend wiederholten sich die Sätze, rotierten um den Kern – du gehörst zu uns, ich bin kein Terrorist –

bis die Gruppe ihn plötzlich fallen und gehen ließ, ob aus taktischen Gründen oder ob Raúl sie am Ende überzeugt hatte, konnte er nicht abschätzen. Beim Hinausgehen warfen sie ihm eine ernste Drohung nach, sie würden ein Massaker im Tal veranstalten, daß es nur so leuchten würde, wenn er oder der Gringo sich den Aktivitäten der Gruppe widersetzten. Das Tal würde leuchten – Raúl ging dieser Satz nicht aus dem Sinn.

Die Hochzeitsgesellschaft saß zu Tisch, die Pachamanca wurde aufgetragen. Man aß mit den Fingern, schmatzend und schleckend. Das Fleisch war saftig weich.

Titus aß schweigend über seinen Teller gebeugt. Er konnte seine Gedanken nicht von Krankheit und Zerstörung freimachen, kein anderes Thema fiel ihm ein. Er saß auf dem Ehrenplatz, zwischen Braut und Brautmutter, aß und schwieg. Mutter und Tochter unterhielten sich über ihn hinweg. Ab und zu warf Titus ein »bueno« oder »no me digas« in den Redefluß der Mutter ein. Er war sich seiner Unhöflichkeit bewußt, er hätte die lateinamerikanischen Formen wahren und die beiden Frauen unterhalten müssen. Er aß und schwieg. Ab und zu schaute er auf. Ihm gegenüber saß Uta neben Raúl, lachte, aß mit Appetit, gestikulierte, redete und schleckte sich aufreizend die fettigen Finger ab. In diesem Moment haßte er sie, weil sie nicht bei ihm war. Die Brautmutter redete immer schneller und verwirrte ihn. Er zog sich noch mehr in sich zurück. Er trank.

Dann setzte die Musik ein. Die Menschen erhoben sich, um ihrer Leidenschaft, dem Tanz, nachzugehen. Cueca, Salsa.

Die Tücher wurden geschwenkt, die Füße klopften auf den Boden.

Uta und Raúl waren in ein ernstes Gespräch vertieft und achteten nicht auf die Musik. Raúl hatte Uta von dem nächtlichen Treffen erzählt, nun fragte er sie:

»Was zeichnet deiner Meinung nach einen Revolutionär aus?«

»Ein Revolutionär darf kein Individuum sein; er muß gehorchen können, und zwar nicht seiner eigenen moralischen Stimme, sondern den Interessen der revolutionären Gruppe.«

»Das heißt, er ordnet sich immer einer Gruppenmeinung unter.«

»Ja. Und wenn das Gruppenziel Chaos und Mord sind, dann führt er das aus. Der Zweck heiligt die Mittel. Was für ein dummer Satz!«

»Aber wenn das Ziel gerecht ist?«

»Kann man mit Mord und Zerstörung etwas Rechtes schaffen?«

»Nein! Mit dem Mord töte ich nicht nur den anderen Menschen, sondern auch meine eigene Seele.«

»Und gibt es nicht die Mahnung des Alten Geschlechts, eure Seelen nicht zu verlieren?«

»Du redest wie eine India! Ja, vielleicht ist das ruhig warten können das eigentlich Revolutionäre.«

Raúl lächelte und drückte Utas Hand, die offen auf den Blütenköpfen der Bougainvillea lag.

»Wollen wir tanzen?«

Sie erhoben sich gleichzeitig. Uta sah am Ende des Tisches Titus sitzen.

17

In der körperlichen Schwäche ihrer Krankheit machte Uta eine seltene Erfahrung. Ohne eigenes Bemühen bekam sie auf eine unbewußte Art Kenntnis von der Mythenwelt des Volkes, bei dem sie lebte. Neue Gestalten und Tiere wehten als sanfte Bilder in ihre Träume, erzählten ihr Dinge, die sie im Traum begriff und die im Morgengrauen verschwunden waren. Eine Ahnung blieb.

Auf dem Hochzeitsfest von Salinas, beim Tanzen mit Raúl, war ihr plötzlich übel geworden. Sie hatte gewürgt, ein wenig erbrochen und trotz der Wärme gefröstelt; ganz benommen fühlte sie sich. Sie wollte nach Hause fahren und suchte Titus. Da bemerkte sie erst, daß er mit dem Jeep bereits verschwunden war. Kein zweites Auto stand zur Verfügung, sie mußte zu Fuß nach Hause laufen, und Raúl begleitete sie.

Man sagt, Indianer haben Katzenaugen. Raúl schritt sicher durch die Nacht, einen Arm hatte er um Utas Schultern gelegt, führte und stützte sie. Auch ohne die Tränen, die ihr durch die Übelkeit in die Augen schossen, hätten Utas Augen die Schwärze der Nacht nicht bezwungen. In den vergangenen Jahren ohne elektrischen Strom waren ihre lichtgewohnten Stadtaugen nicht schärfer und auch nicht nachtsichtig geworden, nur eine Schärfung der Wahrnehmung hatte sie an sich beobachtet. Sie bekam die Intuition der Blinden.

Am Eingang von Jesús María angekommen öffnete Uta das große, quietschende Portal, sagte kurz »adiós« und verschwand schnell im nachtblauen Garten. Im Fenster ihres Hauses erwartete sie der goldgelbe Schein einer Petroleumlampe. Im Haus war es still, Uta legte sich zu ihrem schlafenden Mann.

Es folgten Tage der Krankheit mit Übelkeit und Benommensein. Uta lag auf ihrem Bett und döste ohne zu denken. Wenn sie einschlief, kamen seltsame Träume, etwa ein Tapir riß tief im Urwald ein Rebhuhn, der Zauberer lief über einen Regenbogenfluß oder eine quadratische Hütte stand im innersten Kern eines runden Dschungels. Ein Traum aber kehrte immer wieder: Titus, der ein kupferfarbenes Gesicht hatte und den Federschmuck eines Indianerhäuptlings trug, sprang nach einem kurzen Anlauf über einen tiefen, breiten Graben, der Ost und West trennte.

Plötzlich bekam sie hohes Fieber und stand nicht mehr auf. Die Tage entglitten ihrer Erinnerung, die Zeit formte sich zu einer nebelgrauen Masse, in der Uta die Orientierung verlor. Nur die nicht nachlassenden Leibschmerzen erinnerten sie noch an eine Gegenwart.

Teresa war wieder gesund und bei Kräften, jetzt pflegte sie ihre Señora.

Kurz bevor das Fieber ausbrach, war Uta ins Dorf zu ihrem Lebensmittelhändler gefahren, um Vorräte einzukaufen. Wahrscheinlich war ihre Körpertemperatur schon erhöht gewesen, denn ihre Haut und Nerven schmerzten wie elektrisiert und die grelle Sonne war ihr unerträglich. Sie stand allein in dem Geschäft, durch die dünnen Ledersohlen ihrer Sandalen drang die Kühle des sauber gefegten Betonfußbodens, sie roch den Kalk der weißen Wände, der sich stumpf auf ihre Atemwege legte und den blonden Haarflaum ihrer Arme zu Berge stehen ließ.

Der Händler mit der zartgliedrigen Figur der Tieflandindianer und der haarlosen Haut, die Poren wie versiegelt, trat aus einem dunklen Hinterzimmer in den Laden, nickte und lachte geschäftig. Als er näher auf Uta zuging, wehte ihr ein muffig-herber Cocadunst entgegen, der ihm entströmte.

Im Laden standen hüfthoch die Säcke mit den Lebensmitteln. Es gab Säcke mit naßschwerem, goldbraunen Zucker, Säcke mit Mehl in seiner natürlichen Weizenfarbe, Säcke voll Reis in verschiedener Qualität – Uta zählte an die zehn Reissäcke –, und die vielen Säcke mit getrockneten Bohnen. Ihre Finger spielten mit den klickernden Bohnen, sie pickte einzelne heraus, betrachtete sie, griff dann mit beiden Händen hinein zwischen die nierenförmigen, weißen Bohnen, zwischen die roten, gescheckten und schwarzen, und ließ sie durch ihre Hände rieseln. Plötzlich versenkte sie einen Arm bis zum Ellenbogen im Bohnensack. Die glatte Kühle der Bohnen schloß sich um ihren nackten Arm. Sie bekam eine Gänsehaut davon. Auch in einen Reissack tauchte Uta ihren Arm, und der Reis hinterließ ein trockenes Kribbeln und einen leichten Puderschimmer auf ihrer Haut. Und als Uta die Reiskörner von einer Hand in die andere rinnen ließ, hörte sie ein geigenhaft helles Sirren.

Dann erst packte Uta die hölzerne Schaufel und füllte Reis, Bohnen, Mais und Tee in rosa Plastiksäckchen. Dabei fiel ihr ein Satz ein, den Raúl ein mal gesagt hatte: »Gute Bedingungen für alle Menschen zu schaffen …«, »das wäre das Paradies«, ergänzte Uta in Gedanken und Tränen schossen ihr in die Augen. Die beginnende Krankheit machte sie überempfindlich.

Titus machte sich große Sorgen um seine Frau, doch er war hilflos. Wenn er nach Hause kam, setzte er sich an Utas Bett und erzählte von den Ereignissen des Tages.

Sie fieberte, in ihrem Gesicht prangten rote Flecken, die sich gegen das Weiß des Kopfkissens scheinbar noch vertieften und auch an Utas Hals und ihrem gesamten Körper tauchten die sonderbaren, roten Fieberflecken auf, die ein Arzt später zu Typhusflecken erklärte.

Allein aß Titus zu Abend. Er verschlang die von Teresa zubereitete Mahlzeit kalt und schnell und las dabei in einer Fachzeitschrift. Vor dem Einschlafen versicherte er sich und Uta voller Überzeugung:

»Morgen fühlst du dich besser!«

Und am nächsten Morgen gleich nach dem Aufwachen drehte er sich zu Uta.

»Geht es dir besser? Versuch doch aufzustehen!« beschwörte er sie.

Uta hörte ihn nicht. Sie träumte gerade vom Kondor, der sie durch die Lüfte trug, immer näher zu einem leuchtenden Regenbogen. Von weitem sah der Regenbogen schön und auf geheimnisvolle Art gütig aus, doch plötzlich verwandelte er sich in gleißende Blitze. Der Kondor drehte um, Uta hörte es donnern und sie erwachte, ein heftiges Morgengewitter entlud sich über dem Tal. Titus war schon fort.

Ihr Traum fiel Uta ein und sie erinnerte sich, daß

Raúl ihr einmal von einem Indianerstamm im Osten erzählt hatte, der den Regenbogen als Überbringer von Krankheiten ansieht und sagt, man dürfe ihn nicht zu lange betrachten. Auf der anderen Seite sagen die Indianer auch, der Regenbogen sei ein Geist, der die Welt in ihrem Guten und Bösen beinhalte. Wenn Raúl sie wieder besuchte, wollte sie ihm diesen Traum erzählen.

Raúl kam oft und unerwartet vorbei, setzte sich ohne Peinlichkeit auf ihr Bett und erzählte. Wie ein Kind wollte Uta Märchen hören, die Märchen der indianischen Kinder. Wenn ihr Fieber höher stieg und sie eingeschlafen war, ging er wieder. In ihren Fieberträumen spann sie die Märchen weiter. Doch die meiste Zeit schlief Uta traumlos und wachte wie erschlagen auf. Sie fühlte sich immer müde, Leibschmerzen und Durchfall plagten sie.

Titus zeigte sich sehr besorgt über Utas schlechter werdenden Zustand. Sie aß auch nichts mehr. Er erinnerte sich an seine Großmutter, die ihm ein Taubensüppchen gekocht hatte, wenn er als Kind ernstlich krank gewesen war. Bei jedem Löffel, den sie ihm in den Mund schob, hatte sie gesagt:

»Jungchen iß, das wird dir guttun, das ist die beste Medizin.«

Er beschloß, für Uta eine Taube zu schießen.

Im Wald lebten Wildtauben, Rebhühner und Baumhühner. Eines Morgens, kurz vor Sonnenaufgang, pirschte Titus mit seinem Gewehr und einer Machete im dichten Wald. Schritt für Schritt mußte er sich seinen Weg freischlagen, es war mühsam und er kam nur langsam vorwärts. Er erreichte eine Stelle, an der kreisförmig die Bäume zurücktraten und einen kleinen Platz freigaben, der nicht von Lianen und

Luftwurzeln und schlingenden Pflanzen durchwachsen war. Dort hielt Titus an und wartete. Die Sonne fiel ein und zeichnete einen goldgrünen Smaragd auf den Waldboden. Im hohen Laubwerk über ihm hörte er Vögel kreischen und krächzen, sah aber keine. Er wartete geduldig, denn er war sich sicher, daß Vögel diesen sonnengefleckten Platz aufsuchen würden. Plötzlich flogen sie ein, fünf Rebhühner setzten sich ins Kronendach eines nahen Drachenblutbaumes. Croton draconoides, spuckte sein botanisch geschultes Gehirn aus. Titus hob vorsichtig sein Gewehr und zielte.

»Der Señor hat ein Rebhuhn getötet!« flüsterten Teresa und Clemente einander zu. Ihren Kindern erzählten sie im Schutz des Bettes das Märchen vom Rebhuhn.

»Der Gringo hat ein Rebhuhn getötet!«

Die Nachricht breitete sich aus. Jeder der sie hörte, schüttelte den Kopf. Ja, wußte der Gringo nicht, daß es Wesen gibt, die alles sehen?

Titus rupfte und kochte selbst das Rebhuhn, die Wunder wirkende Suppe für Uta. Die Knochen und Knöchelchen tanzten und sprangen im kochenden Wasser.

»Iß, das wird dir guttun, das ist die beste Medizin«, sagte Titus am Bett von Uta. Vorsichtig hob sie den Löffel zum Mund und probierte.

»Die Suppe ist bitter! Was ist das für eine Suppe, sie ist bitter!«

»Die ist doch nicht bitter, eher süßlich«, erwiderte Titus, »das ist ein Rebhuhnsüppchen, das habe ich extra für dich gekocht, damit du gesund wirst. Und nun iß!«

Uta sagte nichts. Aus Dankbarkeit aß sie einen Teller von der Suppe, doch bei jedem Löffel, den sie zitternd zum Mund führte, dachte sie:

»Das bringt Unglück, das bringt Unglück …«

Sie konnte an nichts anderes mehr denken.

18

Endlich war das Monatsende gekommen und Dr. Vazquez in der Sanitätsstation von San Ramón eingetroffen. Zwei Tage Zeit nahm er sich für die Kranken des Tals, die schon frühmorgens vor dem flachen Betonbau der Sanitätsstation Schlange standen und auf den Beginn der Sprechstunde warteten. Die Kranken kamen nie allein, sie wurden von mehreren Familienangehörigen begleitet, und die kranken Kinder wurden gemeinsam von Vater und Mutter zum Arzt gebracht. Ängstlich still verhielten sich die Indianer in der wartenden Reihe. Die Frauen schaukelten ihr jüngstes Kind im Tuchbündel auf dem Rücken, die Älteren standen dicht an die Eltern gedrängt. Kein Säugling und Kind schrie oder muckste sich und wenn die Erwachsenen sich etwas mitzuteilen hatten, so flüsterten sie.

Titus war mit seinem Jeep ebenfalls zur Sanitätsstation unterwegs. Eine wirbelnde Erdstaubwolke zog er nach, die beim Bremsen noch anwuchs und sich verdichtete. Er sprang aus dem Jeep, ging an den Wartenden vorbei, sah die Kinder, kraftlos und apathisch, regungslos neben ihren Eltern stehen, einigen war der Kopf rasiert, zwischen bläulichen Haarstoppeln lagen nässende und krustende Ekzeme. Ein kleiner Negerjunge mit dünnen Armen und Beinchen hob Titus sein graufarbenes Gesicht entgegen und Titus strich über sein krauses, gelbrotes Haar. Hungerhaar sagen die Leute dazu.

Die Indianer gingen einen Schritt zur Seite und ließen den Gringo ins Haus eintreten. Man sagt, der Indianer sei ›humilde‹ und übersetzt das mit ›unterwürfig‹. Die Bedeutung ›demütig‹, die das spanische Wort ›humilde‹ ebenfalls beinhaltet, wird niemals verwendet. Auf Titus aber machten die Indianer den Eindruck einer gesammelten Demut.

Der junge Arzt blickte auf, als der deutsche Projektleiter an seiner Tür klopfte und gleich danach vor ihm stand. Grundsätzlich machte er in seiner kurz bemessenen Zeit keine Hausbesuche, doch für die kranke Frau des Deutschen machte er eine Ausnahme.

»Ich bin gleich wieder zurück«, sagte er freundlich zu der wartenden Menge und stieg zu Titus in den Jeep.

Die weiße Frau, die Dr. Vazquez untersuchte, zeigte deutliche Symptome von Typhus. Er konnte nichts für sie tun. Er klärte Titus über die Ansteckungsgefahr auf, gab ihm weiter den Rat, seiner Frau reichlich Mate de Coca einzuflößen und sie sofort mit der nächsten Maschine nach Lima in ein Krankenhaus zu fliegen. Hier könne die Kranke nicht behandelt werden.

Titus brachte den Arzt wieder zurück ins Dorf und kaufte gleich auf dem Markt ein Säckchen mit getrockneten Cocablättern, die dünn und zerbrechlich wie Hostien, und den Indianern ebenso heilig, sind. Wieder zu Hause brühte er den Coca-Tee auf und stellte eine Kanne voll auf Utas Nachttisch.

»Du mußt jetzt viel trinken!« er goß sich selbst eine

Tasse ein und trank das strohig schmeckende Heilgetränk.

»Und morgen fliegen wir nach Lima, ich bringe dich ins Krankenhaus. Versuch jetzt zu schlafen.«

Uta lag im dunklen Zimmer, sie haßte die Nächte, sehnte sich nach Leben und Licht. Zwanghaft klammerten sich ihre Gedanken an einen Kippschalter. Dieser einfache Mechanismus, den sie nur leicht berühren müßte und ihr Zimmer würde in hellem Licht erstrahlen! Sie wartete bis sie die Kraft fand, die Kerosinlampe neben ihrem Bett anzuzünden. Nun hatte sie Licht, einen zaghaften orangegelben Schein, der durch seine Schattenhaftigkeit ihre fiebrigen Vorstellungen noch anheizte.

Plötzlich sprang eine Carachupa an ihr Fenster, krallte sich am Metallgitter fest und blitzte glühäugig ins Zimmer. Ein nächtlicher Gast, der ebenfalls auf der Suche nach Helligkeit oder menschlicher Gesellschaft war.

Titus schlief fest, wachte nicht auf.

Die meiste Zeit der langen Nacht verbrachte Uta jedoch in einem bewußtlosen Zustand. Sie erschrak dann, als übergangslos, ohne Morgendämmerung die Welt wieder in hellem Sonnenlicht lag. Der kosmische Kippschalter hatte sich von selbst betätigt.

Das Tal leuchtete grün und golden in der Sonne. Doch oben im Hochland tobte ein Unwetter, verhüllte die Berge mit schweren Wolken und verschüttete die Straße.

»No hay paso« – hallte es durchs Tal, es war an diesem Morgen kein Durchkommen, weder mit dem Jeep noch mit einer Cessna. Die Fahrt nach Lima verzögerte sich. Lichtgrelle Tage und blauschwarze Nächte kamen und gingen. Das Wetter im Hochland besserte sich nicht, sie warteten. Und in einer Nacht geschah etwas mit Uta, das sie später als Halluzination, wahrscheinlich durch Coca hervorgerufen, erkannte.

Trotz des hohen Fiebers und der lauwarmen Nacht hatte sie eine Kälte und gleichzeitig eine solche Schwäche verspürt, daß sie auf einmal ihren Körper nicht mehr wahrnahm. Wie erstarrt lag Uta auf dem Rücken, sah, hörte, fühlte nichts mehr und glaubte, daß dies der Beginn ihres Sterbens war.

In ihr meldete sich ein starker Lebenswille, sie zwang sich, sich aufzurichten und Mate de Coca zu trinken, der vorbereitet in einer Kanne neben ihrem Bett stand. Als Uta die Teekanne anheben wollte, wurde sie von der Schwere der Kanne überrascht, sie glitt ihr aus der Hand, der Tee lief aus.

Sie war durstig, so durstig, daß sie es ohne zu trinken nicht auszuhalten glaubte, aber Titus mochte sie nicht aufwecken, der sollte schlafen. Mit ungeheurer Willenskraft stand Uta selbst auf und ging in die Küche. In der Diele und in der Küche flackerten mit schwacher Flamme zwei Petroleumlampen, die die Nacht über brannten.

Mate de Coca hatte Uta schon oft zubereitet: zwei Cocablätter in eine Tasse legen und kochend heißes Wasser darübergießen. So liebten die Peruaner ihren Mate, den viele statt eines Kaffees nach dem Essen tranken.

Uta saß auf einem Stuhl neben dem Herd und wartete darauf, daß das Wasser im Topf kochte. Die Dose mit den spröden Cocablättern stand geöffnet neben dem Herd, und als das Wasser zu perlen anfing, schüttete Uta, ohne sich bewußt zu werden, was sie da tat, fast den gesamten Inhalt der Dose ins Wasser. Hellgrün schäumte es auf. Wie gebannt starrte sie auf den Schaum, der zum Topfrand hochstieg, sich grünbraun verfärbte und heftig wallte. Erst als, wie bei einem Vulkanausbruch, die ersten heißen Spritzer über den Rand flogen, gefolgt von dunkler Cocabrühe und einzelnen Cocablättern, die zischend die Gasflamme löschten, da erwachte Uta aus ihrer Erstarrung und drehte schnell den Gashahn ab. Noch im Sitzen seihte sie den Mate in eine hohe Tasse und begann mit gierigen, kleinen Schlucken den viel zu starken, extraktartigen Tee zu trinken, der sie auf der Stelle belebte.

Es kam so unerwartet, wie alles Große.

Uta hatte den Cocatee im Bett zu Ende getrunken, lag auf dem Rücken und wartete auf den Schlaf. Sie fühlte sich jetzt leicht und in einem Körper, der nicht mehr schmerzte. Auch die kreisenden Gedanken im Kopf hatten aufgehört. Plötzlich hatte Uta das Gefühl als ob ein heller Blitz durch sie fahren und ihre Brust spalten würde. Vor ihren Augen explodierten tausende von kleinen Lichtkugeln, stiegen hoch und breiteten sich aus und verschmolzen an der Zimmerdecke zu einem großen Lichtsee. Von der Lichtseemitte baumelte ein leuchtendes Band, wie eine Nabelschnur, herab. Gebannt starrte sie an die Decke. Ihr Blick verfolgte den sich eigenartig ausdehnenden und wieder zusammenziehenden Lichtfleck, der wie Magma pulste und blubberte. Gleichzeitig wurde Uta von einer panikartigen Angst erfaßt, die alles auslöschte, sie wußte nicht mehr, wo sie sich befand, noch wer sie war. Den Lichtsee an der Zimmerdecke erkannte Uta aber als ihre Seele, die sie verloren zu haben glaubte. Sie schrie. Ihre Seele wollte sie in ihren Körper zurückschreien!

Nahe an ihrem Ohr hörte sie ein Flüstern, »Wach auf, wach auf«, das lauter und lauter wurde, bis sie Titus erkannte, der nahe bei ihrem Gesicht lag und ihr mechanisch über das Haar strich.

»Wach auf, du hast schlecht geträumt!«

»Nein, es war kein Traum, es war die Wirklichkeit. Meine Seele hatte sich entfernt, ich bin fast wahnsinnig geworden vor Angst.«

»Es war ein schlimmer Traum, beruhige dich«, und er hielt Uta fest, bis sie ruhig einschlief.

Raúl besuchte Uta am nächsten Tag zur Mittagszeit. Teresa arbeitete in der Küche, ihre zwei kleinen Mädchen saßen auf dem dunkelrot lackierten Steinfußboden und spielten mit der Katze. Raúl trat durch den Kücheneingang ins Haus und wechselte ein paar Worte mit Teresa. Sie sprachen Quechua. Uta hörte sie sprechen, sie lauschte gern dem fremden Klang der Quechua-Sprache, die dunkel, kehlig und knapp war. Die Melodie der Sprache paßte zum kargen, klaren Altiplano, aus dem sie kam.

Noch bevor Uta Raúl von ihrem schrecklichen Erlebnis in der Nacht berichten konnte, sagte Raúl, daß er beim Zauberer gewesen war. Er schickte Uta eine Wurzel des Guayababaumes gegen das Fieber. Teresa zerhackte gerade die Wurzel und beträufelte sie mit Limonensaft; das müsse Uta nun essen. Er machte eine Pause, dann sprach er weiter:

»Der Zauberer ist wegen dir in Trance gegangen.«

»Ja?«

»Er weiß um deine Krankheit.«

»Und?«

»Er kann nichts für dich tun. Du mußt dies Opfer bringen …«

»Was muß ich!«

»Du mußt um Vergebung bitten und ein Opfer bringen – mehr kann ich dir nicht sagen!«

Raúl stand auf, strich Uta über ihr helles Haar.

»Ich muß wieder ins Büro« sagte er und ging fort. »Verdammte Indianer! Verdammte Hexerei! Verdammte Tropen!«, stieß Uta hervor. Das Fieber, die Nacht mit den Halluzinationen und jetzt noch Raúl und die Worte des Zauberers wühlten sie auf, sie vermochte nicht mehr klar zu denken. Sie war zu Tode erschöpft und wollte nur noch schlafen.

Eine kleine, warme Hand lag auf Utas Wange und weckte sie. Die Hand hatte sich zwar nicht bewegt, aber doch das Signal gegeben,»Wach auf, schlag die Augen auf«.

Maricarmen stand an Utas Bett und drückte ihre flache Hand auf die rote Wange der Señora. Rote Wangen – noch nie hatte die kleine Indianerin das gesehen. Ganz vorsichtig legte sie ihre bronzehäutige Hand auf das Rot der weißen Wange. Heiß war die Gringa!

Barfüßig und völlig geräuschlos war Maricarmen ins Haus geschlüpft, stand nun angespannt und ungeduldig am Bett von Uta, lauschte auf die Tonleitern der Zikaden, deren Länge ihr die Zeit angaben, und wartete sehnsüchtig darauf, daß die weiße Frau endlich ihre Augen aufschlug und mit ihr redete.

Draußen im Garten warteten drei Nachbarmädchen. Auch sie wollten die kranke Señora besuchen und vor allem wollten sie das Bett mit den weißen Tüchern sehen, auf denen rote Rosen blühten, wie Maricarmen ihnen erzählt hatte.

Ohne ein Vorzeichen schlug Uta plötzlich ihre Augen auf. Maricarmen lächelte.

»Hallo Schlafauge! Wenn du immer schläfst, sehe ich deine Augen gar nicht.«

»Hallo meine Kleine! Ja, ich schlafe jetzt viel.«

»Warum?«

»Ich bin krank und muß viel Kraft sammeln, um gegen meine Krankheit zu kämpfen.«

»Als ich krank war, hat meine Mutter gesagt, wehre dich nicht gegen die ›bichos‹ in deinem Körper, hab sie lieb, die bichos. Hast du auch bichos?«

»Bichos? Ungeziefer? Ja, ich habe Bakterien in mir, und die müssen rausgejagt werden.«

»Warum?«

Warum? Uta wußte keine Antwort darauf, sie kannte es nicht anders. Krankheit war ein Feind, der bekämpft, gejagt und ausgerottet gehörte.

Maricarmen erinnerte sich der drei Freundinnen im Garten und sie fragte Uta, ob die Mädchen von Don Ernesto sie besuchen dürften. Uta nickte, sie fühlte sich schon wieder schläfrig.

Die drei Indiomädchen saßen nebeneinander im Schatten eines Avocadobaumes in der Hocke und starrten auf die Eingangstür. Als Maricarmen wieder an der Tür erschien, sprangen sie auf und rannten auf sie zu, jede wollte als erste das Haus der weißen Frau betreten.

Es war sehr hell im Haus. Die Wände strahlten im reinen Weiß wie frisch gekalkt, sogar die Decken glänzten weiß. Die Kinder schauten hinauf, ihnen schwindelte, so hoch war die Zimmerdecke. Nirgends sahen sie die schwarz gesprenkelten Flecken, die vom Kot der Fliegen, Cucarachas und der Vampire herrühren, auch am Boden gab es keine Reste von zertretenen Cucarachas, diese weißbraunen, seifigen Flecken mit denen alle Böden übersät sind. Nur hier nicht.

Die Mädchen durchquerten hinter Maricarmen den Vorraum, der so groß war, daß ein ganzer Crotonbaum in einer Ecke Platz fand. Staunend betraten sie das Zimmer der Señora. Sie lag wirklich in Rosentüchern. Rosario, die Jüngste, strich andächtig mit einer Hand über die, wie echt aussehenden Rosen der Bettwäsche, sogleich machten es die zwei Größeren nach. Maricarmen flüsterte:

»Nichts anfassen!«

Uta rührte sich nicht, sie schlief wieder. So konnte Maricarmen den Freundinnen nicht vorführen, wie vertraut die Gringa mit ihr sprach. Die vier Indias drängten sich am Bett und es dauerte, bis jede ihre Stellung erobert hatte, dann standen sie ruhig und beobachteten ausgiebig die schlafende Señora. Ihre Haut, ihre Haare, die Form ihres Gesichtes erschien ihnen so fremdartig, daß es sie schauerte. Rosario, die am Kopfende stand, berührte Utas Haare auf dem Kopfkissen.

»Das sind keine Haare«, flüsterte sie den anderen zu, »die spürt man ja gar nicht in der Hand.«

Nacheinander strichen und streichelten die Mädchen über das sonderbar feine Haar. Sie taten es so behutsam, daß Uta nicht davon aufwachte. Rosario entdeckte auf dem Kopfkissen ein loses, einzelnes Haar. Sie löste es vom Kissen, betrachtete den langen goldgelben Seidenfaden und wickelte sich das Haar um ihren Ringfinger. Maricarmen half ihr beim Verknoten.

In diesem Augenblick hörten sie wie knarzend und schleifend das große Haziendator geöffnet wurde, und ein Auto sich dem Haus näherte. Der Gringo kam! Die Indiomädchen sahen sich an, ihre kleinen Körper stählten sich fluchtbereit und auf ihren Gesichtern lag ein Ausdruck von ernster Konzentration. Da schwang auch schon die Eingangstür auf und langsame Schritte näherten sich ihnen von hinten. Blitzschnell drehten sich die Indias um. Der große, ihnen fremd gebliebene, weiße Mann stand im Türrahmen. Sein Kopf berührte den Türbalken; er lächelte den Mädchen zu und nickte mit dem Kopf. Plötzlich sahen die Indias wie Blitze aus seinen Augen sprühten. Sie erinnerten sich der Geschichten über den Tayta des Feuers, sie erschraken und rannten trippelnd aus dem hellen, weißen Haus. Es trieb sie zurück in ihre niedrigen, dunklen Hütten.

Sonnenstrahlen waren auf das Gesicht von Titus gefallen, sie tanzten, spiegelten, reflektierten sich auf seinen Brillengläsern. Titus war geblendet, er trat einen Schritt zur Seite, um die Kinder besser zu sehen, aber da stoben die kleinen Indias schon an ihm vorbei, als ob der Teufel hinter ihnen her wäre.

»Ich freß euch schon nicht!« rief er ihnen lachend nach. Uta öffnete ihre Augen.

»Geht's dir besser?« fragte Titus und setzte sich auf ihr Bett. Er begann über seinen Arbeitstag zu erzählen, Uta schloß wieder ihre Augen. Das letzte, was sie hörte, bevor sie wieder einschlief, war, daß Titus am nächsten Morgen nach Villarica fahren müsse.

Titus stand auf.

»Ich muß jetzt noch arbeiten. Schlaf jetzt, schlaf dich gesund! Ich brauche eine gesunde Frau!«

Als Titus am nächsten Morgen aufbrach, schlief Uta noch, und sie sahen sich nie mehr. Seine letzten Worte vernarbten in Utas Gedächtnis. Bei der geringsten Kränklichkeit brachen die Narben wieder auf und setzten ein Schuldgefühl frei. Uta würde sich immer schuldig fühlen an Titus Tod, weil sie krank geworden war und ihn nicht schützen konnte.

19

Frühmorgens war die Luft rauchblau. Aus allen Hütten drang der Rauch der frisch angefachten Feuerstellen, und in jeder Hütte knieten gemeinsam Indianer und Indianerin davor und bereiteten die Mahlzeit des beginnenden Tages. Reis, gebratene Eier, Bananen, gekochte Bohnen, manchmal ein ›bife‹ und natürlich Kaffee, schwarzen, öligen Kaffee.

Clemente stieg nach dem Frühstück den steilen Hang der Ananasplantage hinauf. Machete und einen Jutesack für die reifen Früchte trug er bei sich. Im Steigen schaute er sich immer wieder um, sah im rauchblauen Dunst den Garten der Hazienda, beobachtete wie die Rauchschleier zum Fluß zogen und sich dort mit den Wellen schaukelnd flußab treiben ließen.

Auf der Hazienda war es still, niemand befand sich dort. Die Señora war heute früh zusammen mit Raúl Yupanqui nach Lima geflogen und der Señor gestern mit dem Jeep weggefahren und noch nicht zurückgekehrt. Seine eigenen Söhne waren auf dem Weg zur Schule und Teresa mit den Mädchen auf dem Markt. Im Steigen hieb Clemente eine reife Ananas ab und steckte sie in den Sack. Mit der Machetenspitze umharkte er die Ananaspflanzen und befreite sie von schlingenden Schmarotzern. Seine Gedanken flogen zur kranken Señora Uta. Wo sie jetzt war? Er schüttelte seinen Kopf und schnalzte dreimal mit der Zunge.

»Ts, ts, ts! Warum ist der Gringo nicht gekommen und hat seine Frau selbst ins Krankenhaus nach Lima gebracht? Der Gringo wird auch einmal krank sein, dann braucht er die Hilfe seiner Frau.«

Seinen Gedanken und seiner Arbeit nachgehend hatte Clemente den Gipfel des Berges erreicht. Die Sonne stand direkt über ihm, schattenlos trafen ihn die glühendheißen Strahlen, und sein eigener Schatten war in ihn zurückgekehrt. Clemente ließ die Machete und den vollen Sack zu Boden gleiten, richtete sich auf und wischte mit der Hand über seine, vom Schweiß brennenden, Augen.

In der Ferne sah er auf dem schmalen Fahrweg, der sich am Fluß entlang nach San Ramón schlängelte, eine Staubwolke näherkommen, rasend schnell. Vor der hohen Staubwolke erkannte er den grünen Jeep. Der Señor kam zurück. In einem mörderischen Tempo flog das Fahrzeug über den holprigen Weg.

»Immer hat der Gringo es eilig«, dachte Clemente, »immer vergewaltigt er die Zeit, wo die Zeit doch seine Herrin ist. Kann man die Herrin zwingen?«

Wie eine Statue stand Clemente auf dem Gipfel des kegelförmigen Berges, von dem er das ganze Flußtal und die Bergkette der Selva, die im Westen höher und höher wurde und sich mit den Bergen der Kordillere vereinigte, übersah. Seine scharfen Augen, die er wie ein Fernrohr justieren konnte, erspähten im Fluß einen ›paiche‹, und er nahm sich vor, am Abend fischen zu gehen. Dann wanderten seine Augen zurück zur Straße, der grüne Jeep hatte schon die Furt passiert und näherte sich mit unverminderter Geschwindigkeit der Hazienda. Clemente nahm seine

Machete vom Boden auf und trennte die letzte Anananas vom Stengel. Sie war groß und schwer wie ein Kopf. Er schulterte den Sack und begann kerzengerade den Hang hinunterzulaufen. Aus den Augenwinkeln beobachtete er weiter den grünen Jeep.

»Der Señor kann noch so schnell fahren, er wird dennoch um keine Sekunde seine Erdenzeit verlängern!«

Vor der Einfahrt zur Hazienda Jesús María brachte Titus den Jeep abrupt zum Stehen, sprang hinaus und öffnete die schweren Flügel des Holzportals.

»Geschafft«, dachte er, »den Senderistas entkommen!«

Er schaute auf seinen Garten und ihm war zumute, als würde er heute zum ersten Mal die unaussprechliche Schönheit des Gartens wahrnehmen: die intensiven Farben aller das ganze Jahr über blühenden Blumen und Sträucher, die Kokospalmen, Bananenstauden, die schlanken Papayabäume und die sich in üppiger Blütenpracht biegenden Hibiskusbüsche. Wie oft war er bei Helligkeit heimgekommen und hatte keinen Blick an die Schönheit verschwendet. Er hatte Clementes Arbeit überprüft, herumliegendes Werkzeug entdeckt oder gesehen, daß auf dem Wasser des Swimmingpools zu viele herabgefallene Blätter trieben, die entfernt gehörten. Heute war Titus wie verzaubert vom Anblick der Natur.

Der Garten, das Haus lagen wie ausgestorben. Er schreckte hoch, ihm kam der Gedanke, daß mit Uta etwas geschehen, daß sie fort war. Titus bestieg wieder seinen Jeep und fuhr ihn auf den überdachten Stellplatz. Das Haziendator ließ er offen, er eilte sofort auf das Haus zu.

Dreißig Schritte betrug die Distanz. Mit jedem Schritt steigerte sich seine Unruhe, Bilder tauchten vor ihm auf:

Er sieht Uta … die Leichte … sie läuft oder tänzelt … sie ist ausgelassen … er umarmt sie … wirft sie wie ein Kind in die Luft …

Uta deckt den Frühstückstisch … neben seinen Teller legt sie eine rote Hibiskusblüte … Sie kommt nach Hause … vom Markt … ihr Gesicht ist rot erhitzt … sie weint …

Uta steht auf der Straße … umringt von Kindern … sie teilt etwas aus … Er fährt auf dem schmalen Weg nach Jesús María … an der Furt kauert Uta in der Hocke … sie ruht sich aus … eine weiße India …

Titus atmete tief durch. Über ihm stand die Sonne in der Himmelsmitte und er beeilte sich, ihrer ungeheuren Strahlkraft zu entkommen. Er betrat die schattige Veranda, legte die letzten vier Schritte bis zur Haustür zurück. Sie war zugesperrt, Uta befand sich also nicht mehr im Haus – war sie schon in Lima, im Krankenhaus? Er würde sicher eine Notiz vorfinden. Seine rechte Hand griff in die Hosentasche und holte den Hausschlüssel heraus, steckte ihn ins Yale-Schloß, drehte den Schlüssel einmal nach links, die Tür sprang auf und Titus sah direkt vor seinen Augen – oder war es in seinen Augen – eine hellgelbrote Flamme auftauchen, hoch wie der Himmel. Staunend dachte er:

»Eine Flammensäule! Wie schön!«

Titus registrierte nicht, daß die Stichflamme Wirklichkeit, daß sie Teil einer Detonation war, sein rechter Arm durchtrennt wurde, die Tür splitterte und Mauerwerk in die Luft flog. Er nahm nicht mehr wahr, daß er in dieses Inferno hineinging und die Flammensäule ihn tötete.

Die Detonation hallte durch das stille Tal. Clemente hielt erschrocken im Laufen inne, auf seiner Anhöhe spürte er noch den Druck der Explosionswelle und sah, wie der Señor von einem orangegelben Flammenlicht aufgenommen wurde. Der Hauseingang bestand aus einem großen Loch.

»Nicht noch eine unerlöste Seele«, schoß es ihm durch den Kopf und er schrie mit aller Kraft und Verzweiflung vom Berg hinunter ins Tal:

»Vete! Vete alma! Vete! Vete alma!«

Und immer wieder, wie in Ekstase schrie und schrie der Indianer:

»Geh fort! Seele geh fort!«

Mit einem Mal kam Clemente wieder zu sich. Er hörte zu schreien auf, setzte sich auf seine Fersen in der Hocke und starrte auf die Hazienda. Eine vollkommene Stille herrschte jetzt, Zikaden und Vögel waren verstummt. Und als die Wellen aus Mauerstaub sich gelegt hatten, wurde die Luft im Garten leer und rein. Über dem Fluß sah der Indianer ein hellweißes Lichtband, gleißend zog es mit dem Fluß, und mit ihm zogen die Seelen, der in Jesús María Getöteten.

Das tropische Stimmentremolo setzte so schlagartig und gleichzeitig wieder ein, als hätte ein unsichtbarer Dirigent den Einsatz gegeben. Vor dem offenstehenden Haziendator erblickte Clemente ein paar herbeigeeilte Nachbarn, die mit vorgereckten Hälsen neugierig in den Garten und auf das kaputte Haus spähten. Er nahm Sack und Machete vom Boden auf und fing an, den Rest des Berges hinunterzurennen. So schnell wie möglich mußte er ins Dorf gelangen und der Polizei von der Explosion und dem Tod des Gringo Meldung machen. Den Körper des Señor wollte er jetzt nicht anschauen, der Körper lebte nicht mehr, er hatte die Seele über dem Fluß gesehen.

Am Tor angekommen berichtete Clemente den Nachbarn, was er vom Gipfel des Berges aus beobachtet hatte.

»Sí, sí«, nickten die Indianer mit den Köpfen, »así es«.

Das Schicksal kommt, so oder so. Sie zuckten mit den Achseln und gingen wieder an ihre Feldarbeit. Jeder dachte an die Seele des Gringo und begleitete sie auf ihrem Weg in den unendlichen Kosmos.

Barfuß, in wadenlangen Arbeitshosen und mit nacktem Oberkörper, lief Clemente ins Dorf. In einer halben Stunde gelangte er zur Plaza. Am Eingang zur Polizeistation ging mit ihm eine Änderung vor: er heftete seine Augen zu Boden, seine Finger rieben an der Machete, die er immer bei sich trug. Er klopfte, beugte devot Kopf und Knie und betrat zögerlich das Zimmer des Polizeichefs. Er stotterte:

»Ein Unglück ... auf der Hazienda Jesús María ... Dynamit!«

Der ›criollo‹ Don Octavio musterte grinsend und an einem Zahnstocher kauend den verwirrten Clemente. Er begann, knappe Fragen zu stellen und in einem scharfen Befehlston dem Indio die Worte aus dem Mund zu ziehen. Allmählich entstand vor ihm die Szene, die der Gärtner vom Berg aus mitangesehen hatte.

Bevor aber Don Octavio zur Hazienda hinausfuhr, um den Terroranschlag – denn davon ging er aus – in Augenschein zu nehmen und die Leiche des Deutschen zu bergen, entschloß er sich, einen Stock höher ins Büro des Forstprojektes zu gehen. Vielleicht würde er bei den Mitarbeitern etwas über die letzten Tage des Projektleiters in Erfahrung bringen. Den Gärtner schickte er zurück nach Jesús María.

Im Forstbüro saß Felipe am Zeichentisch und tuschte an der Skizze für einen neuen Pflanzgarten herum. Er war allein, fühlte sich träge und rülpste. Die Bohnen, die er zum Frühstück gegessen hatte, stießen ihm auf. Überraschend erschien Don Octavio in der Tür:

»Hola, qué tal.«

»Wo ist dein Jefe?«

»Seit gestern in Villarica.«

»Und Yupanqui?«

»In Lima.«

»Wo sind die Anderen?«

»Im Pflanzgarten.«

»Weißt du, wann der Jefe zurückkommen wollte?«

»Er ist gestern früh zur Besprechung mit den Waldbesitzern nach Villarica und wollte abends zurückkommen. Wahrscheinlich ist es spät geworden und er hat dort übernachtet. Sicher wird er gleich kommen.«

Während des kurzen Gesprächs war Don Octavio nicht eingetreten, er beeilte sich, wieder in sein Büro zurückzugehen, setzte sich vor das Funkgerät und funkte seinen Kollegen Gustavo in Villarica an. Dort war alles ruhig, ›sin novedad‹, es gab keine Anzeichen von terroristischen Aktivitäten. Gustavo hatte zwar den Abend bis tief in die Nacht hinein in der Kneipe gezecht, konnte aber mit Sicherheit seinem Kollegen melden, daß weder Fremde ins Dorf gekommen waren, noch die Campesinos von Villarica mit den

Senderistas sympathisierten. Dafür könnte er sich verbürgen. Sí, sí – den ›ingeniero alemán‹ hätte er gestern gesehen, er war kurz mit dem deutschstämmigen Schaller in der Kneipe und nach einem Bier in seinem Jeep fortgefahren. Ich nehme an nach San Ramón, das war so gegen acht.

Wo hatte der Gringo seine letzte Nacht verbracht? Hatte er auf der Heimfahrt eine Straßenfalle gewittert? Hatte er sich im Wald versteckt? War ein Trupp der Senderistas, die ihm auflauerten, als er nicht kam, zu seiner Hazienda gefahren und hatten das Dynamit dort angebracht? Man würde es wahrscheinlich nie erfahren. Dem Himmel sei Dank, daß die Señora nicht im Haus war!

Don Octavio hörte zu grübeln auf, das Unglück war geschehen, nun sollten sich andere Leute den Kopf zerbrechen. Seine Aufgabe war, die Leiche des Deutschen zu bergen und seine Vorgesetzten in Lima zu verständigen. Aber er hatte Angst allein auf die Hazienda zu fahren – vielleicht befanden sich die Terroristen noch in der Gegend und lockten ihn in eine tödliche Falle? Er faßte den Entschluß, sich von Soldaten begleiten zu lassen.

Spät am Nachmittag, kurz bevor die Sonne in ihrer eiligen Art vom Himmel glitt, kehrte Don Octavio zur Polizeistation an der Plaza von San Ramón zurück. Auf der Ladefläche seines Pickups stand ein heller Eukalyptussarg.

Mit zwei Soldaten als Verstärkung war der Polizeimeister auf der Hazienda angekommen. Er hatte laut gehupt und die Handvoll Nachbarn, die in der Zufahrt zur Hazienda standen, verscheucht. Clemente trafen sie im Haus an, er war dabei, die Steinbrocken beiseite zu räumen.

Es war der Brauch, einen Verstorbenen drei Tage und Nächte an der Stelle des eingetretenen Todes liegen zu lassen, ihn dort aufzubahren. Don Octavio jedoch faßte den Entschluß, den toten deutschen Projektleiter in seinem Büro aufbahren zu lassen. So befahl er Clemente und den Soldaten die Leiche in einen Jutesack zu packen und auf der Ladefläche seines Jeeps abzulegen.

»Carrajo!« fluchte er beim Betreten des leeren Forstbüros, »wie soll ich jetzt den Sarg hier raufschleppen!« Die beiden Soldaten hatte er bereits auf dem Rückweg vom Tischler an der Kaserne abgeliefert. Er steckte sich einen Zahnstocher, den er immer in seiner Jackentasche aufbewahrte, in den Mund, wischte sich mit dem Ärmel über seine feuchte Stirn und überlegte. Da war ja noch der Campa, kam ihm der Gedanke.

Er überquerte den Hof und öffnete die Gefängniszelle. »Komm«, sagte er zu dem Campa-Indianer, der wegen Trunkenheit und Zechprellerei seit gestern in der Zelle saß.

»Komm, komm! Trag mir den Sarg in den ersten Stock!«

Der kaum ein Meter sechzig große, barfüßige Indianer nahm den Hanfgurt, den ihm der Polizeichef entgegenstreckte und trippelte hinter der massigen Gestalt hinaus auf den Platz. Er legte sich den Gurt um die Stirn, beugte sich weit nach vorne und schob sehr geschickt den Sarg auf seinen gekrümmten Rücken in den Gurt hinein. Mit sicheren, winzigkleinen Schritten trug er den Sarg, wie ihm befohlen, in den ersten Stock hinauf. Don Octavio wies den Gefangenen an, den Sarg auf einem Schreibtisch abzuladen und den Sargdeckel zu öffnen.

Der Indianer blickte in das bärtige Gesicht eines Weißen. Nur der Kopf ragte aus einem Sack heraus. Ruhig betrachtete er den Toten. Plötzlich streckte der Campa seine Hand aus und riß dem weißen Mann in einer feierlichen Handlung, die er mit Murmeln begleitete, einige Barthaare aus. Aus diesen Haaren würde er sich ein Band weben, das seinem eigenen haarlosen Körper und seiner Indianerseele das »Andere«, seine Ergänzung geben würde.

Don Octavio ließ das Licht brennen und schloß die Tür.

20

Als am späten Vormittag das Telephon bei Urda in Lima läutete, war sie im ersten Moment verwirrt. Ihr Telephon läutete nie, sie kannte niemanden, der sie anrufen sollte. Eine fremde, spanisch sprechende Männerstimme stellte sich als Raúl Yupanqui vor.

»Raúl? Raúl?« fragte Urda hilflos in die Muschel. Sie hatte Schwierigkeiten die fremde Sprache zu verstehen, wenn sie ihrem Gesprächspartner nicht auf die Lippen schauen konnte. Die gelernten spanischen Wörter stolperten in ihrem Kopf durcheinander, standen ihr nicht mehr zur Verfügung, und sobald Urda der Bedeutung eines Wortes nachsann, versäumte sie den Rest des gesprochenen Satzes. Sie hauchte ein verzweifeltes »qué?« ins Telephon.

Raúl bemühte sich, in einfachen und langsamen Sätzen zu sprechen. Er erklärte, wer er wäre und daß er Uta soeben in die Clínica Santa Rosa in Lima gebracht hätte.

»Uta hat Typhus, ist ohne Bewußtsein, bitte kommen Sie.«

Wort für Wort hatte Urda jetzt verstanden, sie blieb ganz ruhig, die fremde Sprache milderte die schlechte Nachricht.

»Ich komme«, sagte sie knapp und hängte ein.

Sie nahm ihren dreijährigen Sohn Gabriel an der Hand und fuhr mit einem Taxi ins Krankenhaus, das ihr Raúl genannt hatte.

»Warum ist ihr Mann nicht bei ihr?« wunderte sie sich.

Zum ersten Mal besuchte sie ein peruanisches Krankenhaus.

Es lag in einer engen Calle – ein gewöhnliches fünfstöckiges Gebäude, das nichts Protziges an sich hatte. Durch einen schmiedeeisernen Zaun betraten Urda und Gabriel einen hübschen Patio, in dessen Mitte ein Springbrunnen stand. Menschen drängten sich am Brunnenrand, kühlten ihre Arme im Wasser, befeuchteten ihr Haar, bis es schwarzblau glänzte, legten ihre Köpfe in den Nacken und ließen das Wasser der Fontäne in ihre aufgesperrten Münder fließen. Sie lachten und glucksten und spien Wasser.

Auf der Straße, entlang des Zauns, hatten ambulante Küchen ihre Stände errichtet. Die heiße Luft wurde zusätzlich von den offenen Holzfeuern und Gasflammen erwärmt. Es duftete nach kräftig gewürzten Speisen, laut priesen die Köche ihr Essen an:

»Chorizos! Choclos! Humitas! Chicharrón! Anticuchos! Salteñas! Ceviche!«

Gabriel zappelte an der Hand seiner Mutter, zog sie zu den Essenständen und deutete aufgeregt in die prasselnden Feuer. Mit offenem Mund verfolgte er die schnellen Handgriffe der Köche, die mit bloßen, rußgeschwärzten Händen ins Feuer griffen. Dann starrte er auf die mit ihren Fingern essenden Menschen, denen fettiger Saft über das Kinn lief und auf ihre Kleidung tropfte.

»Mami, schau nur, wie die essen«, sagte er laut, »ich darf das nicht!«

Urda lachte. Beim Anblick der so lustvoll essenden bekam sie selbst Appetit, wagte aber nicht, etwas von den exotischen Speisen zu kosten. Man hatte sie in Deutschland eindringlich vor den heimtückischen Krankheitserregern gewarnt.

Ihr Appetit verflog. Sie kaufte Gabriel eine Flasche des gelbgrünen Inka-Colas und zog ihn damit von den Ständen fort.

Sie betraten die Eingangshalle des Krankenhauses. Patienten und Besucher, vollzählige Großfamilien, standen zusammen, redeten und aßen gleichzeitig. Jeder fütterte jeden mit einem Bissen seines Gerichts, fremde Besuchergruppen vermischten sich und tauschten sich aus. Es war laut wie auf einem Marktplatz. Ein alter Mann ging von Gruppe zu Gruppe, hob sein Hemd hoch und zeigte eine feuerrote Narbe am Oberbauch, ergriff die Hand von fremden Besuchern und legte sie auf seine frische Narbe. Ihm wurde Aufmerksamkeit und Essen geschenkt.

»Das ist Leben«, dachte Urda und pflügte sich mit Gabriel durch die Menge. Alle Menschen lächelten sie an, nickten ihr zu, und viele Hände legten sich auf das blonde Köpfchen des weißen Kindes und strichen behutsam darüber. Wie Wellen schlugen die Ausrufe »O wie hübsch, wie niedlich, was für ein Engelchen!« hinter ihnen zusammen. Mit einer Mischung aus Furcht und Stolz äugte Gabriel hinauf in die bronzefarbenen Gesichter.

An der Pforte fragte Urda nach Señora Uta de Preuss, und man brachte sie zu Dr. Cardenas.

»Einen Tag noch und …«, sagte der großgewachsene Arzt mit den arabischen Gesichtszügen zu Urda und machte dabei mit seiner rechten Hand jene typische Geste, mit der die Südamerikaner eine aussichtslose Lage signalisieren. Er berichtete weiter, daß Uta in dem Moment bewußtlos geworden war, als sie den sicheren Boden des Hospitals erreicht hatte.

»Wir haben sofort ihre Darmblutungen gestillt, sie ist aber noch ohne Bewußtsein. Wir hoffen, daß die Krise in ein paar Tagen überstanden ist.«

»Darf ich zu ihr?« fragte Urda.

»Selbstverständlich! Und ihr Söhnchen auch. Wie heißt du denn?«, wandte sich der Arzt an Gabriel, der die Frage nicht verstand.

»Gabriel«, antwortete Urda.

»Ein kleiner Schutzengel also«, lachte Dr. Cardenas, »da wird die Señora Uta schnell wieder gesund, wenn du an ihrem Bett sitzt!«

Er wandte sich wieder Urda zu und deutete auf das Zimmer der Intensivstation, in dem Uta lag. Der Arzt verabschiedete sich mit einem Wangenkuß von ihr und Gabriel. Urda war verwirrt.

Geräuschlos öffnete sie einen Spalt die Tür zum Krankenzimmer, steckte ihren Kopf hinein. Ihre Augen suchten Uta.

Seit Utas letztem Aufenthalt in Lima, als sie am Strand von Miraflores zusammengetroffen waren, hatten sie sich noch nicht wiedergesehen. Mit Briefen, in denen Uta vom interessanten Leben auf der Hazienda, von ihren Tieren und ihrer Arbeit schrieb, hielten sie Kontakt und planten ein Wiedersehen an Weihnachten auf der Hazienda Jesús María. Urda und ihr Mann waren neugierig auf Titus und sein Projekt der Wiederaufforstung des Urwalds, und Gabriel freute sich auf die Tiere. Von den Gespenstern berichtete Uta nicht.

»Wir müssen die Reise nach San Ramón verschieben«, dachte Urda enttäuscht, als sie Uta im einzigen Bett der Intensivstation erkannte.

Sie lag auf dem Rücken, ein weißes, dünnes Laken bedeckte ihren zarten Körper. Ihr Gesicht war weiß, die Haare stumpf. In ihren Nasenlöchern steckten dünne Schläuche und weitere hellfarbene Schläuche krochen rechts und links des Lakens hervor und Kabel führten baumelnd zu Geräten. Ein tickerndes Geräusch ging von einem Monitor aus.

Instinktiv wollte sich Urda wieder zurückziehen und ihrem Kind diesen Anblick ersparen; doch in diesem Moment drehte sich die am Bett wachende Krankenschwester um, lächelte sie freundlich an und sagte: »Kommen Sie nur herein!«

Von hinten pufte Gabriel in ihr Gesäß und drängte: »Laß mich rein, Mami!«

Urda trat ein, gab der Krankenschwester die Hand und setzte sich auf den zweiten Stuhl, den die Schwester auf die andere Seite des Bettes stellte. Gabriel nahm sie auf ihren Schoß. Sie fühlte sich verlegen, wie sie so der Krankenschwester gegenübersaß, zwischen sich die reglose, verkabelte und beatmete Gestalt Utas.

Ihr Kopf war leer, kein einziges spanisches Wort fiel Urda ein, mit dem sie eine Unterhaltung hätte beginnen können. Sie lächelte und machte eine hilflose Handbewegung zu Uta hin, die Krankenschwester nickte, faltete ihre Hände und fing zu beten an.

Vom Schoß seiner Mutter aus beobachtete Gabriel sehr genau die schlafende Uta, verfolgte jeden Schlauch, jedes Kabel, wohin sie führten, woher sie kamen und sah mit Entsetzen, daß ein blutroter Schlauch im Arm stak, und aus einem Plastiksack tropfte Blut in diesen Schlauch. Er schaute auf die betende Krankenschwester und faltete ebenfalls seine Hände. Dann küßte er seinen Daumennagel, so wie es die Frau ihm vormachte. Die Krankenschwester lachte ihm aufmunternd zu und Gabriel strahlte. Später schlief er ein.

Uta lag im Koma wie in einer dunklen Kammer, ohne Eingang, ohne Ausgang. Den Tag ihres Aufbruchs aus San Ramón, die Tage und Nächte des Fiebers davor waren in ihrem Gedächtnis gelöscht und würden verloren bleiben, wenn nicht in Träumen eine vage Erinnerung daran vielleicht einmal aufkeimen würde. Vielleicht würde sie sich dann an den Himmel erinnern, das Bild mit den hoch aufgetürmten Wolkenbergen und den weiß gelackten, sonnenunterfütterten Wolkenrändern, der sie so lange begleitete, bis sie die Kordillere überflogen hatten.

Vielleicht erinnerte sich ihre Haut einmal an die Hand Raúls, der ihre Wange, ihren Kopf, ihren Nacken während des Fluges gestreichelt hatte, und sie an seiner Schulter schlief, zu schwach, um aufrecht zu sitzen.

Daß Raúl ihr das Leben gerettet hatte, würde sie gleich nach ihrem Aufwachen erfahren. Es war nicht nur Raúl, auch der Himmel hatte mitgespielt; die dichte Wolkenwand über der Kordillere riß gerade zur rechten Zeit auf, so daß der Pilot den Flug mit ihnen wagen konnte.

Vielleicht würde sich Uta jedoch als erstes an unbedeutende Dinge erinnern: wie sie aus dem kleinen, zweimotorigen Flugzeug in Jorge Chávez geklettert waren, weit entfernt vom Flughafengebäude und wie Raúl, der ihr den langen Marsch über das Flugfeld ersparen wollte, eine Öffnung im Zaun gefunden hatte, durch die sie schlüpften und dadurch sofort die Avenida mit den Taxis erreichten.

Oder würde sie sich erinnern, wie sie trotz ihrer Übelkeit gelacht hatte, als der Taxifahrer glaubte, sie wären verheiratet und Uta schwanger, weil sie sich mitten im konfusesten Verkehr übergeben mußte?

An eines aber würde Uta mit Sicherheit zurückdenken, wie sich plötzlich beim Betreten des Krankenhauses ihr Blickfeld verengt hatte, so eng und dunkel wurde, daß es nur noch ein schwarzer Schlauch war, in den sie hineingesogen wurde – oder aus Schwäche hineinfiel – und wie sie leicht und hell und klar wurde, so wie sie sich noch nie gefühlt hatte.

Später würde ihr Raúl erzählen, wie sie zur selben Zeit ohnmächtig geworden war, als in Jesús María das Dynamit detonierte und Titus getötet wurde, exakt zur selben Zeit.

Der Schritt hinaus aus der dunklen Kammer, in der sie lag, würde niemals ergründet werden, das war ein Geheimnis.

Ohne vorhergehende Anzeichen machte Uta ihre Augen auf.

Das erste, was sie sah, war der schlafende Gabriel auf dem Schoß seiner Mutter und sie hörte das monotone Gebetsmurmeln der Krankenschwester. Als sie die offenen Augen von Uta bemerkte, stand sie auf und küßte sie ganz zart auf die Stirn, dann verließ sie das Zimmer, um Dr. Cardenas zu verständigen.

Gabriel wachte auf, sah Utas Augen auf sich gerichtet und fing zu reden an:

»Weißt du, daß wir jetzt genug Flaschen haben, du mußt keine mehr mit uns klauen gehen.«

Die Tür ging auf und zusammen mit Dr. Cardenas traten weitere Ärzte und Schwestern ein. Sie wollten die aus dem Koma erwachte Gringa, die allein ohne

Mann, ohne Familie bei ihnen lag, begrüßen. Nacheinander beugten sie sich über Uta und küßten sie auf die Wange.

Urda stellte sich die Szene in einem deutschen Krankenhaus vor, wie der Chef- und die Assistenzärzte und Krankenschwestern liebevoll ihre Patientin küßten, und sie fand, diese Szene würde sich niemals in einem deutschen Krankenzimmer abspielen.

Dr. Cardenas strich Gabriel über sein feines, weizenblondes Haar und sagte:

»Gut hast du gearbeitet, Engelchen!«

Uta blieb noch zwei Wochen in der Clínica Santa Rosa. Jeden Tag kamen Urda und Gabriel vorbei, brachten Fröhlichkeit und ein Buch mit, aus dem Urda vorlas. Vergeblich wartete Uta auf eine Nachricht, einen Besuch von Titus. Auch von Raúl hörte sie nichts mehr, wie abgeschnitten war sie vom Leben in der Selva Central.

»Titus wird sicher kommen, wenn es ihm möglich ist«, tröstete Urda sie, »du hast mir doch selbst von den Erdrutschen erzählt, die so oft die Straße unpassierbar machen und die Telephonleitungen zerstören.«

Nach Lima kamen kaum Nachrichten aus den entfernten Provinzen. Das Land war zu groß, und der Moloch Lima mit sich selbst beschäftigt. Jede Nacht geschah ein neuer Terroranschlag. Urda berichtete von täglichen Strom- und Wasserausfällen, weil in den reichen Stadtteilen die Strommasten mit Dynamit gesprengt worden waren, nachts, trotz der Ausgangssperre, die verhängt worden war.

Mehrmals täglich versuchte Uta das Forstbüro in San Ramón anzuwählen, das Fräulein vom Amt teilte ihr stereotyp mit, es gäbe keine Verbindung mit dem Osten des Landes, sie solle Geduld haben. Uta wählte unbeirrt weiter, bis eines abends, nach zehn ungewissen Tagen, endlich Raúl ihr Krankenzimmer betrat.

In dieser Nacht erfuhr sie, warum Titus nicht gekommen war.

21

Raúl hatte Uta nach Lima ins Krankenhaus gebracht und danach Urda verständigt, mehr konnte er im Moment nicht tun. Er machte sich auf den Weg zur Haltestelle der Colectivos in die Selva Central. In einer halben Stunde würde das letzte Colectivo abfahren, er beeilte sich.

Bis San Mateo saß er eng gedrängt mit drei weiteren Passagieren und zwei Kindern im Fond des alten Dodge. Er war dennoch sofort eingeschlafen. Das rhythmische Wiegen der Limousine und die schlechte Luft im Wageninnern hatten ihn schläfrig gemacht. Es war eine Eigenschaft Raúls, sich in schwierigen Situationen, die ihn aufwühlten und ihn nicht nüchtern denken ließen, in den Schlaf fallen zu lassen. Einfach schlafen und auf Träume warten, die seine Seele wieder besänftigten. Oft erinnerte er sich danach an Traumbilder, tröstend und wegweisend zugleich.

Der Fahrer weckte ihn, als sie kurz vor Mitternacht auf der Plaza von San Ramón hielten. Raúl hatte gar nicht bemerkt, daß er seit Tarma der einzige Fahrgast im Colectivo war, immer noch saß er eng in die rechte Ecke gedrückt.

Beim Aussteigen sah er das Licht in allen Räumen der Polizeistation und im oberen Stockwerk in den Fenstern des Forstprojektes. Raúl beschloß, noch im Büro vorbeizuschauen.

Er betrat das Haus. Stimmen drangen aus den Zimmern der Polizeistation, und er hörte Don Octavios erregte, hohe Stimme. Er hielt sich nicht auf, ging schnell an den geschlossenen Türen vorbei und stieg die Treppen zum ersten Stock hinauf. Auch die Tür zum Forstbüro, die sonst immer offen stand, fand er geschlossen. Ein breiter Lichtschein fiel seitlich und unterhalb der, durch Hitze und Feuchtigkeit verzogenen, Tür auf den Gang. Noch bevor Raúl die Tür öffnete, wußte er, daß ihn etwas Außergewöhnliches erwartete. Sprungbereit spannte er seine Muskeln an und stieß die Tür auf.

Auf dem Schreibtisch gegenüber, auf Titus Schreibtisch, stand ein offener Sarg aus hellem Eukalyptusholz. Mit zwei großen Schritten erreichte Raúl den Schreibtisch und blickte in das starre Gesicht von Titus. Nur von seinem Bart schien ein Rest Leben auszugehen. Die Augen des Toten waren fest geschlossen, beinahe zugekniffen, als ob sie sich vor einem grellen Licht schützen müßten. Mehr als den Kopf von Titus sah Raúl nicht, denn sein Körper steckte in einem Jutesack, der unterhalb des Kinns zugebunden war. Er ahnte, was das bedeutete.

»Sicher kein Unfall«, dachte er sich »das muß die Tat des ›Leuchtendes Pfades‹ sein.«

Er zog sich einen Stuhl heran, setzte sich ans Kopfende des Sarges und machte sich bereit, die Totenwache für Titus zu halten. Es wunderte ihn, daß niemand beim Toten wachte und das uralte Ritual vollzog, das Seite an Seite gehen mit der Seele, die plötzlich ohne Körper zurückgeblieben war. Laut murmelte er die Beschwörungsformeln:

»Geh Seele, geh deinen Weg, allein ins Unbekannte, ins Dunkle, ins Licht! Geh Seele, geh ...!«

So gut konnte sich Raúl die Angst der Seele, vor diesem Schritt in ein fremdes Sein vorstellen. Immer fester wurde seine Stimme als er die Worte, die ihm seit Kindheitstagen vertraut waren, sprach. Sie waren eine Mischung aus Schamanenkult und katholischem Glauben.

»Vete alma, vete!«

Er dachte an den Menschen, den er in den vergangenen Jahren immer besser verstehen gelernt hatte und dessen Seele er nun begleiten durfte. Titus, dieser unerschrockene Mann, der sich auch mit Titanen angelegt hätte, um das Werk unserer Pachamama zu retten. »Aufbauen und bewahren, maßvoll pflanzen und ernten«, predigte er uns, »das hatten auch unsere alten Inkas gesagt! Er war ein Großer«, gestand sich Raúl ein, »er kämpfte ohne Kompromisse für unser Überleben und unsere Schätze, die Wiederaufforstung unserer abgeholzten Urwälder. Und deshalb war er so außer sich, weil die Terroristen angefangen hatten, alles zu zerstören, alles ins Chaos zu stürzen. Was sagte Titus neulich im Gelände, als er die neuen Pflanzungen begutachtete: »Der schlimmste Haß steigt aus den eigenen Wurzeln. Das Übelste ist doch, von den eigenen Leuten umgebracht zu werden.« – Und Roldan, der älteste Arbeiter, hatte Titus ernst und lange angeschaut und dann wie zu sich selbst, aber so laut, daß es alle hören konnten, gesagt:

»Der Señor Titus trägt denselben Namen wie unser letzter Kaiser.«

Er hatte recht, der letzte wahre Inka hieß Titu und war von seinen eigenen Leuten umgebracht worden. Ihm folgte zwar noch Túpac Amaru der Erste nach, aber dieser Inka war nicht erbberechtigt gewesen und sehr bald schon wurde er von den Spaniern gefangengesetzt und enthauptet. 1570 ging das Inkanat zu Ende.

Von unten drangen Stimmen und Schritte, Raúl vernahm das Schlagen von drei Autotüren; das Auto startete und fuhr davon. Im selben Moment verlöschte das elektrische Licht im ganzen Dorf. Es war Mitternacht, die Generatoren wurden abgeschaltet, und Raúl blieb allein mit dem Toten im Haus, in der Dunkelheit, in der Stille.

Jetzt erst fiel ihm Uta ein und er seufzte. Es würde seine Aufgabe sein, Uta den Tod ihres Mannes mitzuteilen, sobald es ihr besser ging, und es war nun seine Aufgabe, die Beerdigung durchzuführen, für das Projekt und auch für Uta Sorge zu tragen.

Er kannte die Umstände des Todes von Titus noch nicht, stellte aber schon fest, daß es ein ungewöhnliches Schicksal war, welches Titus und Uta an sein Land band. Titus war mit so viel Achtung und einer ungeheuerlichen Kraft und Ausdauer ins ehemalige Reich der Inkas gekommen, das ihn, wie er oft im Büro erzählte, von klein auf beschäftigt und angezogen hatte. Er sagte, von der hohen technischen Entwicklung zur Zeit der Inkas, ihrem sozialen Wohlstand und religiösen Bewußtsein war er so fasziniert gewesen, daß es ihn danach drängte, in diesem Land zu arbeiten. Und dann war er hier auf Armut, Zerstörung und Gewalt gestoßen und ist selbst an der Gewalt gestorben. Und Uta, dachte Raúl, die uns Indianer wie eine Mutter versteht, ist bei uns schwer erkrankt. Automatisch schloß er sie in seine monotonen Gebete ein. Sie sollte wenigstens überleben – mit ihnen leben!

Die Putzfrau weckte Raúl um sieben Uhr früh. Er

saß aufrecht und schlafend auf dem harten Holzstuhl, sein Kopf hing ein wenig nach hinten, sein Mund stand offen. Ein neuer Tag begann, und Raúl wurde schlagartig klar, daß mit diesem Tag alle Verantwortung auf ihn überging.

Drei Tage später, am 21. Dezember, dem südlichen Sonnwendtag ließ Raúl um zwölf Uhr mittags seinen deutschen Freund Titus auf dem Friedhof von San Ramón beerdigen.

In den vorangegangenen Tagen waren alle Dorfbewohner ins Büro gekommen, hatten dem aufgebahrten und eingesalbten Gringo die letzte Ehre erwiesen und seiner vagabundierenden Seele gedacht. Einige legten ihm liebevoll für die lange Heimreise etwas in den Sarg: eine Handvoll Bohnen, Reis, Cocablätter und zum Schutz gegen die Dämonen, die darauf lauerten sich der körperlosen Seele zu bemächtigen, die Kralle eines Pumas und die Schwanzborsten eines Tapirs.

»Damit bewaffnet«, meinte Roldan, der sehr lange am Sarg von Titus verweilte, »geht der Jefe schnurstracks und unbeschadet zu unseren sieben Himmeln.«

»Wieso meinst du, daß die Seele des Gringo in unsere jenseitige Welt reist?« fragte der neben Roldan stehende Lokalbesitzer Paco. »Der Gringo hat jeden Mittag bei mir gegessen und nie hat er ›comida típica‹ bestellt. Was sollte er da in unserem Jenseits machen?«

»Er ist bei uns gestorben, er gehört zu uns!«, erwiderte Roldan.

Paco schüttelte seinen Kopf und machte sich wieder auf den Weg in die Küche seines kleinen Lokals in der Nähe der Plaza. Roldan, der älteste Arbeiter des Forstprojekts, trat einen Schritt zur Seite, machte den, die Treppe heraufströmenden Dorfbewohnern Platz, blieb aber noch wie in Versenkung im Hintergrund stehen.

Am Morgen des 21. Dezembers, genau um sechs Uhr früh, ging ein berstendes Gewitter mit torrentialen Regengüssen über San Ramón nieder. Die Talbewohner wurden von lauten Donnerschlägen, die in dem engen Chanchamayo-Tal widerhallten, geweckt.

»Der Gringo wird heute in den Schoß unserer Mutter Erde gelegt. Zürnt sie ihm oder heißt sie ihn willkommen?«

Die Indianer machten sich so ihre Gedanken, sie achten immer genau auf die Zeichen der Natur.

Gegen Mittag war die Plaza gefüllt mit Fahrzeugen und Menschen. Jeeps, Autos und Lastwägen standen bis zur Dorfstraße und warteten auf den Abmarsch zum Friedhof. Ein Autokonvoi sollte dem Sarg von Titus, der auf dem blankgescheuerten und mit blühenden Zweigen belegten Pickup des Forstprojektes vorausfahren würde, folgen. Alle Besitzer eines Fahrzeuges hatten der Idee Raúls zugestimmt.

»Es ist für den Gringo, der bei uns gestorben ist,« sagten sie und unterbrachen ihre Arbeit.

Beim Läuten der Kirchenglocken setzte sich der Trauerzug in Bewegung, die Dorfstraße hinunter zum Fluß, über die ehemalige Eisenbahnbrücke den kurzen, steilen Anstieg zum Friedhof hinauf. Schattenlos brannte die Sonne. Die Füße der Menschen und die Reifen der Autos wirbelten den feinen, roten Erdstaub der Straße auf, der den Konvoi wie ein dichter Schleier umhüllte.

Das ganze Dorf hatte sich dem Zug angeschlossen. Sogar die Hunde rannten ein Stück weit mit und bellten gegen die rollenden, blitzenden Autoreifen an. Einige Bauern ritten auf Mulis, Eseln und Pferden, die Mütter trugen ihre Kleinsten auf den Rücken gebunden mit.

Der Bürgermeister, der Polizeichef und Oberst Ramírez schritten in der ersten Reihe, unmittelbar hinter dem Sarg, ihnen schlossen sich die Projektangestellten an. Rechts und links vom Pickup liefen eine Handvoll halbwüchsiger Kinder, hielten sich mit ihren Händen an der Brüstung der Ladefläche des Pickups fest und ließen sich mitziehen. Zwei Jungen fuhren aufrecht stehend auf der hinteren Stoßstange mit.

Raúl ging allein, ein wenig abseits begleitete er den Trauerzug. In Gedanken ging er die Rede durch, die er am Grab halten wollte. Er würde den Menschen den ›Traum des Pongo‹ erzählen, wie der arme Pongo am selben Tag wie sein Herr, der reiche, geizige Großgrundbesitzer, starb, Herr und Knecht gemeinsam vor den Engel traten, der Engel den reichen Mann freundlich begrüßte und über ihm einen Eimer duftenden Honigs ausleerte, danach den armen Pongo ebenso freundlich begrüßte, aber über ihn einen Eimer voll Kot goß, und wie dann die Stimme des Herrschers aller Welten ertönte und ihnen befahl, sich gegenseitig sauber zu lecken.

Und weiter würde Raúl den Menschen sagen, daß der Gringo hier bei ihnen so viele Jahre gelebt hatte, damit sich der Traum des Pongo nicht erst im Jenseits erfülle, dafür hätte er gekämpft und gearbeitet, um gute Bedingungen für sie zu schaffen, freiwillig sei er zu ihnen ins Tal gekommen, um Kot und Unrat zu essen.

Er würde seine Rede mit dem Schwur schließen, daß er, Raúl Yupanqui Paz, an die Stelle des Gringo treten und für die Menschen im Tal und für die Mutter Erde kämpfen würde. Auch wenn es gefährlich war, so mußte er den Menschen sagen, daß die ›Senderistas‹ – die Pfadler – unser Land zerstören, die Erde verletzen und uns töten!

Der Trauerzug hatte die Anhöhe des Friedhofs erreicht, die Menschen versammelten sich um die offene Grube. Und wie am Morgen das Krachen des Donners zu hören gewesen war, so hörte man jetzt im Chanchamayo-Tal das plötzlich einsetzende fanfarenartige Hupen der Autos, Jeeps und Lastwägen. Ein Echo verlängerte die Töne im Tal. Der Sarg wurde in die Erde gesenkt.

22

Ein Condor trägt dich fort, ein Condor bringt dich wieder!« »Es ist der Kranich, Raúl.«

Ein neues Jahr hatte begonnen. Bis zu ihrem Abflug nach Deutschland wohnte Uta bei Urda im Gästezimmer. Auch Raúl wurde im Haus aufgenommen, er schlief bei Gabriel.

Alle verwöhnten Uta, brachten ihr Liebe und Herzlichkeit entgegen und wollten ihr das Vergessen erleichtern. Wie sollte Uta etwas vergessen, das sie noch gar nicht richtig erfaßt und angeschaut hatte? In dieser letzten Woche in Peru lebte sie weit weg von den Menschen, den Dingen und den Bedürfnissen ihres Körpers. Sie sprach und aß kaum und bewegte sich hölzern wie eine Puppe. Keine Gefühle, keine Gedanken durchbrachen ihren erstarrten Zustand. Die Bilder und Geschichten, die sie nachts in ihren Träumen sah, hatte sie am Morgen vergessen.

Uta faßte den Entschluß, nach Deutschland zu fliegen, ohne vorher am Grab von Titus gewesen zu sein. Sie würde wiederkommen, sie mußte wiederkommen. An die vergangenen Jahre mit Titus und ihr gemeinsames Leben in der Selva Central konnte sie jetzt nicht denken, vielleicht würde es in der Ferne möglich sein, wenn zwölftausend Kilometer zwischen ihr und den Ereignissen lagen.

Raúl wanderte in dieser letzten Woche bis zu Utas Abflug stundenlang allein durch die Straßen und Gassen der Innenstadt, hielt sich lange in den kleinen Cafés an der Plaza San Martín auf, schlenderte durch koloniale Innenhöfe, Klöster, Museen ohne auch nur ein Auge auf die Schönheit und Zartheit der alten Gebäude, der Fresken und Gemälde zu werfen. Allein der Impuls des Gehens war Raúl wichtig, ihm schien, als ob in der Fortbewegung der Gedanke an den Tod nicht so scharf und endgültig wäre. Im Gehen vollzog er das sich Entfernen und Wiederkommen, das Kommen und Gehen des Lebens. Dabei wurde ihm immer klarer, daß die Kraft von Titus auf ihn überspringen und sich mit dem ›Großen Geist der Alten‹, den er in seinem Blut trug, zu etwas Neuem, Starkem verbinden würde.

Eines Tages sah er in der engen Jirón Unión auf der anderen Straßenseite seinen Studienfreund Lino. Er schritt schnell und hastig aus, sein Kopf wanderte wie ein Suchscheinwerfer durch die Menschenmenge auf der Straße. In Linos schmächtiger Gestalt vereinigte sich ein Ausdruck von vorsichtiger Gehetztheit und finalem Mut.

Raúl beobachtete ihn voll Mitleid. »Soll er in sein Unglück rennen«, dachte er, »eine verlorene Seele kann man nicht retten!« Doch dann besann er sich, überquerte die Straße und holte Lino ein. Noch bevor dieser eine unbedachte Reaktion zeigen konnte, flüsterte Raúl:

»Lino, ich bin's, dein compañero Raúl …«, und er zog den Überraschten in den nächsten Hauseingang. Sie sahen sich an und schätzten sich mit den Augen ein, dann begann Raúl:

»Lino! Du hast deine Seele verloren, du hast den Geist unserer Alten verraten.«

»Nichts habe ich verraten, Raúl! Ich kämpfe dafür, daß wir alle einmal gleich sind.«

»Es gibt keine Gleichheit im Außen, nur im Herzen! Es gibt die Inkas, die Priester, die Beamten, die Bauern. Gleichheit löscht unsere Kultur aus. Wir sollen gleich hohe Achtung vor allen Menschen haben und alle Menschen sollen die höchste Achtung vor der Schöpfung haben – das sagen unsere Alten!«

»Du verstehst die neue Zeit nicht, Raúl.«

»Und du verstehst nicht, daß ihr unsere Schöpfung vernichtet, ihr mordet und sprengt, ihr verbrennt Menschen und Erde!«

»Auch die Spanier haben uns vernichtet und ermordet!«

»Und weißt du auch, daß die Spanier, die uns vor fünfhundert Jahren die Unterdrückung gebracht haben, vorher selbst fünfhundert Jahre von den Mauren unterdrückt gewesen waren? Euer Kampf beendet nichts!«

»Ach laß mich, du verstehst uns nicht!«

»Lino, hör auf mich! Geh von den Senderistas fort. Du bist ein verlorener Mensch, weil du deine Seele verloren hast.«

Abrupt drehte sich Lino um und verschwand ohne ein weiteres Wort in der Menschenmenge. Wie immer fluteten auf der Jirón Unión im Herzen der Stadt die Passanten, fliegenden Händler und Bettler, zwischen denen Lino behende durchwischte, sich dann in der Mitte des Stromes einreihte und plötzlich für Raúls Augen nicht mehr sichtbar war. Lino war im Menschenstrom untergegangen.

Der Abflugtag kam, Raúl brachte Uta allein zum Flughafen. Im Taxi saßen sie schweigend nahe beieinander, um Raúls Mund spielte das Uta so vertraute traurige Lächeln. Mit seinen Gedanken war er weit fort.

»Vielleicht ist das Wartenkönnen auch eine revolutionäre Tat«, dachte er, »sich von der Natur und ihrer Zeit ruhig führen lassen. Im Winter Schutz suchen, sich still verhalten, Kälte und Kargheit überdauern und den Tod vorbeiziehen lassen, ohne ihn zu bekämpfen. Im Frühjahr dann säen und den Himmel mit neu erwachten Augen betrachten, die Götter um Regen anflehen und der Erde ihre Opfergaben darbringen. Im Sommer und Herbst die Früchte ernten und danken, daß man am Leben geblieben ist und seine Seele nicht verloren hat.«

Sie waren am Internationalen Flughafen von Jorge Chávez angelangt. Am Abfertigungsschalter des ›Kranichs‹ – des ›Condors‹ sagte lächelnd Raúl – gab Uta ihren Koffer auf und nahm ihre Platzkarte entgegen. Sie reiste mit nur einem Koffer nach Deutschland, alles andere ließ sie in Peru zurück.

Zügig gingen sie auf die Paßkontrolle zu, hier mußte Raúl zurückbleiben und Uta alleine weitergehen. Sie blieb stehen, hob das Gesicht Raúl entgegen, spürte seine Wange, roch sein blauschwarzes Haar.

»Ich komme wieder«, flüsterte sie.

»Und ich werde hiersein, wenn du zurückkommst. Verliere auf der Reise nach Deutschland deine Seele nicht!«

Dann verschwand Uta in der nur für Flugreisende zugänglichen Ebene.

Worterklärungen

Adobe	Lehmziegel
Altiplano	das innerandine Hochplateau
Amo	Schutzgeist, Alter ego
Amuesha	indianischer Stamm im Osten Perus
Anticuchos	Schaschlik-Spieß aus Rinderherz
Bichos	Ungeziefer
Bife	Beefsteak
Campa	indianischer Stamm im Osten Perus
Campo	Feld, Gelände
Carachupa	Stinktier, Opossum
Carretera Central	Landstraße, die von Lima nach Osten führt
Centro Antirrábico	Zentrum zur Bekämpfung der Tollwut
Ceviche	Gericht aus rohem Fisch
Chacra	kleine Landwirtschaft
Charango	Saiteninstrument
Chasqui	Inka-Läufer, Bote
Chicha	vergorenes Maisgetränk
Chicharrón	in schwimmendem Fett gebackene Schweinefleischstücke
Chifa	Chinesisches Restaurant
Choclos	gekochte Maiskolben
Chorizos	scharf gewürzte Würstel
Comida típica	traditionelle peruanische Küche
Compañero	Kamerad, Freund
Conquista	die Eroberung Südamerikas
Cucaracha	Kakerlake
Cushma	langes Gewand aus Pflanzenfasern
Gringo, Gringa	Ausländer/-in

Gringuita	(Diminuitiv) liebevolle Bezeichnung für Ausländerin
Hola qué tal	(Begrüßung) wie geht's
Hora alemana	(deutsche Zeit) Synonym für Pünktlichkeit
Humitas	süße Maiskuchen in Maisblättern gedämpft
Jefe	Chef
Machete	großes Messer
Madrina	Patin
Macumba	voodoo-artiger Kult
Misa	Messe, Zeremonie
Mita	Arbeitsnutzteilung
Muchacha	Mädchen, Dienstmädchen
Pachamama	Mutter Erde
Paiche	großer Süßwasserfisch
Patrón	Hausherr, Chef, Arbeitgeber
Pongo	Leibeigener, Hilfsarbeiter
Potosí	Silberminenstadt in Bolivien
Pueblos Jóvenes	(junge Dörfer) Slums in Lima
Quechua	Ketschua-Indianer
Quintal	Maßeinheit, ca. 46 kg
Quena	Panflöte
Salteñas	gefüllte Teigtaschen
Selva	Urwaldgebiet
Selva Central	in Peru das Urwaldgebiet zwischen den Flüssen Tulumayo und Pichis
Sendero Luminoso	leuchtender Pfad, gleichnamige Terrorgruppe
Senderistas	die Pfadler
Sierra	Bergland
Soroche	Höhenkrankheit
Todos Santos	Allerheiligen
Yuca	Maniok